12/05

Mujeres de ojos grandes

Biografía

Ángeles Mastretta (Puebla, 1949) se graduó en periodismo en la facultad de ciencias políticas y sociales de la UNAM. En 1985 publicó su primera novela, *Arráncame la vida* (Seix Barral, 1992), que obtuvo el Premio Mazatlán en México y se convirtió en un verdadero fenómeno de crítica y venta, tanto en el mundo de habla hispana como en sucesivas traducciones a quince idiomas. Ha publicado también el libros de relatos *Mujeres de ojos grandes* (1990, Seix Barral, 1991), tres volúmenes misceláneos que reúnen relatos cortos y textos periodísticos y autobiográficos: *Puerto libre* (1994), *El mundo iluminado* (1998) y *El cielo de los leones* (Seix Barral, 2003), y la novela corta *Ninguna eternidad como la mía* (1999). En 1997, su novela *Mal de amores* (1995) obtuvo el prestigioso Premio Rómulo Gallegos, concedido por primera vez a una mujer.

Ángeles Mastretta
Mujeres de ojos grandes

Seix Barral

© Ángeles Mastretta, 1990
© Editorial Seix Barral, S. A., 2004
   Avinguda Diagonal 662, 6.ª planta. 08034 Barcelona (España)

Realización de la cubierta: Método, Comunicación y Diseño, S. L.
Ilustración de la cubierta: «Caras de hombre y mujer», © Wieslaw Rosocha,
illustration Stock
Fotografía de la autora: © Jerry Bauer
Primera edición en Colección Booket: mayo de 2003
Segunda edición: octubre de 2003
Tercera edición: marzo de 2004

Depósito legal: B. 14.981-2004
ISBN: 84-322-1638-0
Impresión y encuadernación: Liberdúplex, S. L.
Printed in Spain - Impreso en España

Para Carlos Mastretta Arista,
que regresó de Italia

La tía Leonor tenía el ombligo más perfecto que se haya visto. Un pequeño punto hundido justo en la mitad de su vientre planísimo. Tenía una espalda pecosa y unas caderas redondas y firmes, como los jarros en que tomaba agua cuando niña. Tenía los hombros suavemente alzados, caminaba despacio, como sobre un alambre. Quienes las vieron cuentan que sus piernas eran largas y doradas, que el vello de su pubis era un mechón rojizo y altanero, que fue imposible mirarle la cintura sin desearla entera.

A los diecisiete años se casó con la cabeza y con un hombre que era justo lo que una cabeza elige para cursar la vida. Alberto Palacios, notario riguroso y rico, le llevaba quince años, treinta centímetros y una proporcional dosis de experiencia. Había sido largamente novio de varias mujeres aburridas que terminaron por aburrirse más cuando descubrieron que el proyecto matrimonial del licenciado era a largo plazo.

El destino hizo que tía Leonor entrara una tarde a la notaría, acompañando a su madre en el trámite de una herencia fácil que les resultaba complicadísima, porque el recién fallecido padre de la tía no había dejado que su mujer pensara ni media hora de vida. Todo hacía por ella menos ir al mercado y cocinar. Le contaba las noticias del periódico, le explicaba lo que debía pensar de ellas, le daba un gasto que siempre alcanzaba, no le pedía nunca cuentas y hasta cuando iban al cine le iba contando la película que ambos veían: «Te fijas, Luisita, ese muchacho ya se enamoró de la señorita. Mira cómo se miran, ¿ves? Ya la quiere acariciar, ya la acaricia. Ahora le va a pedir matrimonio y al rato seguro la va a estar abandonando.»

Total que la pobre tía Luisita encontraba complicadísima y no sólo penosa la repentina pérdida del hombre ejemplar que fue siempre el papá de tía Leonor. Con esa pena y esa complicación entraron a la notaría en busca de ayuda. La encontraron tan solícita y eficaz que la tía Leonor, todavía de luto, se casó en año y medio con el notario Palacios.

Nunca fue tan fácil la vida como entonces. En el único trance difícil ella había seguido el consejo de su madre: cerrar los ojos y decir un avemaría. En realidad, varios avemarías, porque a veces su inmoderado marido podía tardar diez misterios del rosario en llegar a la serie de quejas y soplidos con que culminaba el circo que sin remedio iniciaba cuando por alguna razón, prevista o no, ponía la mano en la breve y suave cintura de Leonor.

Nada de todo lo que las mujeres debían desear antes de los veinticinco años le faltó a tía Leonor: sombreros, gasas, zapatos franceses, vajillas alemanas, anillo de brillantes, collar de perlas disparejas, aretes de coral, de turquesas, de filigrana. Todo, desde los calzones que bordaban las monjas trinitarias hasta una diadema como la de la princesa Margarita. Tuvo cuanto se le ocurrió, incluso la devoción de su marido que poco a poco empezó a darse cuenta de que la vida sin esa precisa mujer sería intolerable.

Del circo cariñoso que el notario montaba por lo menos tres veces a la semana, llegaron a la panza de la tía Leonor primero una niña y luego dos niños. De modo tan extraño como sucede sólo en las películas, el cuerpo de la tía Leonor se infló y desinfló las tres veces sin perjuicio aparente. El notario hubiera querido levantar un acta dando fe de tal maravilla, pero se limitó a disfrutarla, ayudado por la diligencia cortés y apacible que los años y la curiosidad le habían regalado a su mujer. El circo mejoró tanto que ella dejó de tolerarlo con el rosario entre las manos y hasta llegó a agradecerlo, durmiéndose después con una sonrisa que le duraba todo el día.

No podía ser mejor la vida en esa familia. La gente hablaba siempre bien de ellos, eran una pareja modelo. Las mujeres no encontraban mejor ejemplo de bondad y compañía que la ofrecida por el licenciado Palacios a la dichosa Leonor, y cuando estaban más enojados los hombres evocaban la pacífica sonrisa de la señora Palacios mientras sus mujeres hilvanaban una letanía de lamentos.

Quizá todo hubiera seguido por el mismo camino si a la tía Leonor no se le ocurre comprar nísperos un domingo. Los domingos iba al mercado en lo que se le volvió un rito solitario y feliz. Primero lo recorría con la mirada, sin querer ver exactamente de cuál fruta salía cuál color, mezclando los puestos de jitomate con los de limones. Caminaba sin detenerse hasta llegar donde una mujer inmensa, con cien años en la cara, iba moldeando unas gordas azules. Del comal recogía Leonorcita su gorda de requesón, le ponía con cautela un poco de salsa roja y la mordía despacio mientras hacía las compras.

Los nísperos son unas frutas pequeñas, de cáscara como terciopelo, intensamente amarilla. Unos agrios y otros dulces. Crecen revueltos en las mismas ramas de un árbol de hojas largas y oscuras. Muchas tardes, cuando era niña con trenzas y piernas de gato, la tía Leonor trepó al níspero de casa de sus abuelos. Ahí se sentaba a comer de prisa. Tres agrios, un dulce, siete agrios, dos dulces, hasta que la búsqueda y la mezcla de sabores eran un juego delicioso. Estaba prohibido que las niñas subieran al árbol, pero Sergio, su primo, era un niño de ojos precoces, labios delgados y voz decidida que la inducía a inauditas y secretas aventuras. Subir al árbol era una de las fáciles.

Vio los nísperos en el mercado, y los encontró extraños, lejos del árbol pero sin dejarlo del todo, porque los nísperos se cortan con las ramas más delgadas todavía llenas de hojas.

Volvió a la casa con ellos, se los enseñó a sus hijos y los sentó a comer, mientras ella contaba cómo eran fuertes las piernas de su abuelo y respingada la nariz de su abuela. Al poco rato, tenía en la boca un montón de huesos lúbricos y cáscaras aterciopeladas. Entonces, de golpe, le volvieron los diez años, las manos ávidas, el olvidado deseo de Sergio subido en el árbol, guiñándole un ojo.

Sólo hasta ese momento se dio cuenta de que algo le habían arrancado el día que le dijeron que los primos no pueden casarse entre sí, porque los castiga Dios con hijos que parecen borrachos. Ya no había podido volver a los días de antes. Las tardes de su felicidad estuvieron amortiguadas en adelante por esa nostalgia repentina, inconfesable.

Nadie se hubiera atrevido a pedir más: sumar a la redonda tranquilidad que le daban sus hijos echando barcos de papel bajo la lluvia, al cariño sin reticencias de su marido generoso y trabajador, la certidumbre en todo el cuerpo de que el primo que hacía temblar su perfecto ombligo no estaba prohibido, y ella se lo merecía por todas las razones y desde siempre. Nadie, más que la desaforada tía Leonor.

Una tarde lo encontró caminando por la de 5 de Mayo. Ella salía de la iglesia de Santo Domingo con un niño en cada mano. Los había llevado a ofrecer flores como todas las tardes de ese mes: la niña con un vestido largo de encajes y organdí blanco, coronita de paja y enorme velo alborotado. Como una novia de cinco años. El niño, con un disfraz de acólito que avergonzaba sus siete años.

—Si no hubieras salido corriendo aquel sábado en casa de los abuelos este par sería mío —dijo Sergio, dándole un beso.

—Vivo con ese arrepentimiento —contestó la tía Leonor.

No esperaba esa respuesta uno de los solteros más codiciados de la ciudad. A los veintisiete años, recién llegado de España, donde se decía que aprendió las mejores técnicas para el cultivo de aceitunas, el primo Sergio era heredero de un rancho en Veracruz, de otro en San Martín y otro más cerca de Atzálan.

La tía Leonor notó el desconcierto en sus ojos, en la lengua con que se mojó un labio, y luego lo escuchó responder:

—Todo fuera como subirse otra vez al árbol.

La casa de la abuela quedaba en la 11 Sur, era enorme y llena de recovecos. Tenía un sótano con cinco puertas en que el abuelo pasó horas haciendo experimentos que a veces le tiznaban la cara y lo hacían olvidarse por un rato de los cuartos de abajo y llenarse de amigos con los que jugar billar en el salón construido en la azotea.

La casa de la abuela tenía un desayunador que daba al jardín y al fresno, una cancha para jugar frontón que ellos usaron siempre para andar en patines, una sala color de rosa con un piano de cola y una exhausta marina nocturna, una recámara para el abuelo y otra para la abuela, y en los cuartos que fueron de los hijos varias salas de estar que iban llamándose como el color de sus paredes. La abuela, memoriosa y paralítica, se acomodó a pintar en el cuarto azul. Ahí la encontraron haciendo rayitas con un lápiz en los sobres de viejas invitaciones de boda que siempre le gustó guardar. Les ofreció un vino dulce, luego un queso fresco y después unos chocolates rancios. Todo estaba igual en casa de la abuela. Lo único raro lo notó la viejita después de un rato:

—A ustedes dos, hace años que no los veía juntos.

—Desde que me dijiste que si los primos se casan tienen hijos idiotas —contestó la tía Leonor.

La abuela sonrió, empinada sobre el papel en el que delineaba una flor interminable, pétalos y pétalos encimados sin tregua.

—Desde que por poco y te matas al bajar del níspero —dijo Sergio.

—Ustedes eran buenos para cortar nísperos, ahora no encuentro quién.

—Nosotros seguimos siendo buenos —dijo la tía Leonor, inclinando su perfecta cintura.

Salieron del cuarto azul a punto de quitarse la ropa, bajaron al jardín como si los jalara un hechizo y volvieron tres horas después con la paz en el cuerpo y tres ramas de nísperos.

—Hemos perdido práctica —dijo la tía Leonor.

—Recupérenla, recupérenla, porque hay menos tiempo que vida —contestó la abuela con los huesos de níspero llenándole la boca.

La hacienda de Arroyo Zarco era una larga franja de tierra fértil en la cordillera norte de Puebla. En 1910 sus dueños sembraban ahí café y caña de azúcar, maíz, frijol y legumbres menores. El paisaje era verde durante todo el año. Llovía con sol, sin sol y bajo todas las lunas. Llovía con tanta naturalidad que nadie tuvo nunca la ocurrencia de taparse para salir a caminar.

La tía Elena vivió poco tiempo bajo esas aguas. Primero porque no había escuelas cerca y sus padres la mandaron al Colegio del Sagrado Corazón en la Ciudad de México. A 300 kilómetros, 20 horas en tren, una merienda con su noche para dormir en la ciudad de Puebla y un desayuno regido ya por la nostalgia que provocarían diez meses lejos de la extravagante comida de su madre y cerca del francés y las caravanas de unas monjas inhóspitas. Luego, cuando había terminado con honores los estudios de aritmética, gramática, historia, geografía, piano, costura, francés y letra de piquitos; cuando acababa de regresar al campo y al desasosiego feliz de vivirlo, tuvo que irse otra vez porque llegó la Revolución.

Cuando los alzados entraron a la hacienda para tomar posesión de sus planicies y sus aguas, el papá de la tía no opuso resistencia. Entregó la casa, el patio, la capilla y los muebles con la misma gentileza que siempre lo había distinguido de los otros rancheros. Su mujer les enseñó a las soldaderas el camino a la cocina y él sacó los títulos en los que constaba la propiedad de la hacienda y se los entregó al jefe de la rebelión en el estado.

Luego se llevó a la familia a Teziutlán acomodada en un coche y casi sonriente.

Siempre habían tenido fama de ser medio locos, así que cuando aparecieron en el pueblo intactos y en paz, las otras familias de hacendados estuvieron seguros de que Ramos Lanz tenía algo que ver con los rebeldes. No podía ser casualidad que no hubieran quemado su casa, que sus hijas no se mostraran aterradas, que su mujer no llorara.

Los veían mal cuando caminaban por el pueblo, conversadores y alegres como si nada les hubiera pasado. Era tan firme y suave la actitud del padre que nadie en la familia veía razones para llamarse a tormento. Al fin y al cabo, si él sonreía era que al día siguiente y al siguiente decenio habría comida sobre el mantel y crinolinas bajo las faldas de seda. Era que nadie se quedaría sin peinetas, sin relicarios, sin broches, sin los aretes de un brillante, sin el oporto para la hora de los quesos.

Sólo una tarde lo vieron intranquilo. Pasó varias horas frente al escritorio de la casa de Teziutlán dibujando algo que parecía un plano y que no lo dejaba contento. Iba tirando hojas y hojas al cesto de los papeles, sintiéndose tan inútil como quien trata de recordar el camino hacia un tesoro enterrado siglos atrás.

La tía Elena lo miraba desde un sillón sin abrir la boca, sin asomarse a nada que no fueran sus gestos. De repente lo vio conforme y lo escuchó hablar solo en un murmullo que no por serlo perdía euforia. Dobló el papel en cuatro y se lo echó en la bolsa interior del saco.

—¿Ya estará la cena? —le preguntó, mirándola por primera vez, sin enseñarle nada ni hablar de aquello que lo había mantenido tan ocupado toda la tarde.

—Voy a ver —dijo ella, y se fue a la cocina dirimiendo cosas. Cuando volvió, su padre dormitaba en un sillón de respaldo muy alto. Se acercó despacio y fue hasta el cesto de los papeles para salvar algunos de los pedazos que él había tirado. Los puso dentro de un libro y luego lo despertó para decirle que ya estaba la cena.

Todo era vasto en casa de los Ramos. Incluso en esos tiempos de escasez su madre se organizaba para hacer comidas de siete platillos y cenas de cinco personas cuando menos. Esa noche había una sopa de hongos, torta de masa, rajas con jitomate y frijoles refritos. Terminaba el menú con chocolate de agua y unos panes azucarados y brillantes que la tía Elena no volvió a ver después de la Revolución. Con todo eso en el estómago, los miembros de la familia se iban a dormir y a engordar sin ningún recato.

De los ocho hijos que había parido la señora De Ramos, cinco se habían muerto de enfermedades como la viruela, la tos ferina y el asma, así que los tres vivos crecieron sobrealimentados. Según un acuerdo general, fue la buena y mucha comida lo que los ayudó a sobrevivir. Pero esa noche el padre de la tía sorprendió a su familia con que no tenía mucha hambre.

—Come, pajarito, que te vas a enfermar —le suplicó doña Otilia a su marido, que era un hombre de uno ochenta entre los pies y la punta de la cabeza y de noventa kilos custodiándole el alma.

Elena pidió permiso para levantarse antes de terminar la última mordida de su pan con azúcar y fue a encerrarse con una vela en el cuarto de los huéspedes. Ahí puso juntos algunos pedazos del papel y leyó la tinta verde con que escribía su papá: el plano tenía pintada una vereda llegando al rancho por atrás de la casa, directo al cuarto bajo tierra que habían construido cerca de la cocina.

¡Los vinos! Lo único que su padre había lamentado desde que tomaron Arroyo Zarco fue la pérdida de sus vinos, de su colección de botellas con etiquetas en diversos idiomas, llenas de un brebaje que ella sorbía de la copa de los adultos desde muy niña. ¿Su papá, aquel hombre firme y moderado, sería capaz de volver a la hacienda por sus vinos? ¿Por eso lo había oído al mediodía pidiéndole a Cirilo una carreta con un caballo y paja?

La tía Elena cogió un chal y bajó las escaleras de un respingo. En el comedor, su padre todavía buscaba razones para explicarle a su mujer el grave delito de no tener hambre.

—No es desprecio, mi amor. Ya sé el trabajo que te cuesta construir cada comida para que no extrañemos lo de antes. Pero hoy en la noche tengo un asunto que arreglar y no quiero tener el estómago pesado.

En el momento en que oyó a su padre decir «hoy en la noche», la tía Elena salió corriendo al patio en busca de la única carreta. Cirilo el mozo la había colgado de un caballo y vigilaba en silencio. ¿Por qué Cirilo no se habría ido a la Revolución? ¿Por qué estaba ahí quieto, junto al caballo, en el mismo soliloquio de siempre? Tía Elena caminó de puntas a sus espaldas y se metió en la carreta por la parte de atrás. Al poco rato, oyó la voz de su padre.

—¿Encontraste buena brizna? —le preguntó al mozo.

—Sí, patrón. ¿La quiere ver?

La tía Elena pensó que había asentido con la cabeza porque lo oyó acercarse a la parte de atrás y levantar una punta del petate. Sintió moverse la mano de su padre a tres manos de su cuerpo:

—Está muy buena la brizna —dijo mientras se alejaba.

Entonces ella recuperó su alma y aflojó la tiesura de su cuello.

—Tú no vienes, Cirilo —dijo el señor Ramos—. Ésta es una necedad de mi cuerpo que si a alguien le cuesta, quiero que nada más sea a él. Si no regreso, dile a mi señora que todas las comidas que me dio en la vida fueron deliciosas y a mi hija Elena que no la busqué para darle un beso porque se lo quiero quedar a deber.

—Vaya bien —le dijo Cirilo.

La carreta empezó a moverse despacio, despacio

abandonó el pueblo en tinieblas y se fue por un camino que debía ser tan estrecho como lo había imaginado la tía Elena cuando lo vio pintado con una sola línea. No había lugar ni a un lado ni a otro porque la carreta no se movía sino hacia adelante, sin que el caballo pudiera correr como lo hacía cuando ella lo guiaba por el camino grande.

Tardaron más de una hora en llegar, pero a ella se le hizo breve porque se quedó dormida. Despertó cuando la carreta casi dejó de andar y no se oía en el aire más que el murmullo de las eses con que su papá sosegaba al caballo. Sacó la cabeza para espiar en dónde estaban y vio frente a ella la parte de atrás de la enorme casa que añoró toda su vida. Ahí su padre detuvo la carreta, y se bajó. Ella lo vio temblar bajo la luna a medias. Al parecer, nadie vigilaba. Su papá caminó hasta una puerta en el muro y la abrió con una llave gigantesca. Luego desapareció. Entonces la tía Elena salió de entre la paja y fue tras él a meterse en la cava alumbrada por una linterna recién encendida.

—¿Te ayudo? —le dijo con su voz ronca. Tenía la cara somnolienta y el pelo lleno de brizna.

El horror que vio en los ojos de su padre no se le olvidaría jamás. Por primera vez en su vida sintió miedo, a pesar de tenerlo cerca.

—A mí también me gusta el oporto —dijo sobreponiéndose a su propio temblor. Luego cogió dos botellas y fue a dejarlas en la paja de la carreta. Al volver se cruzó con su padre, que llevaba otras cuatro. Así estuvieron yendo y viniendo en el silencio hasta que la carreta quedó cargada y no hubo en ella lugar ni para un oporto de esos que ella aprendió a beber en las rodillas de aquel hombre prudente y fiel a sus hábitos, que esa noche la sorprendió con su locura.

Cargó dos botellas más y se las puso en las piernas para pagar su peaje. Luego arreó al caballo y la carreta se dirigió al camino angosto y escondido por el que habían llegado. Tardarían horas en volver, pero era un milagro que estuvieran a punto de irse sin que nadie los hubiera visto. Ni uno solo de los campesinos que ocupaban Arroyo Zarco vigilaba la parte de atrás.

—¿Se habrán ido? —preguntó la tía Elena a su padre y saltó de la carreta sin darle tiempo de asirla. Corrió a la casa, se pegó a la oscuridad de una pared y caminó junto a ella hasta darle la vuelta. Por fin topó contra una de las bancas que custodiaban el portón del frente. No había una luz en toda esa oscuridad. Ni una voz, ni un chillido, ni unos pasos, ni una sola ventana viva.

—¡No hay nadie! —gritó la tía Elena—. ¡No hay nadie! —repitió, apretando los puños y brincando.

Volvieron a buen paso por el camino grande. La tía Elena tarareaba *Un viejo amor*, con la nostalgia de una anciana. A los dieciocho años, los amores de un día antes son ya viejos. Y a ella le habían pasado tantas cosas en esa noche, que de golpe sintió en sus amores un agujero imposible de remendar. ¿Quién le creería su aventura? Su novio del pueblo ni una palabra:

—Elena, por Dios, no cuentes barbaridades —le dijo alarmado, cuando escuchó la historia—. No están los tiempos para imaginerías. Entiendo que te duela dejar la hacienda, pero no desprestigies a tu papá contando historias que lo hacen parecer un borrachín irresponsable.

Lo había perdido ya bajo la despiadada luna del día anterior y ni siquiera trató de convencerlo. Una semana después, se trepó al tren en que su madre fue capaz de meter desde la sala Luis XV hasta diez gallinas, dos gallos y una vaca con su becerro. No llevaba más equipajes que el futuro y la temprana certidumbre de que el más cabal de los hombres tiene un tornillo flojo.

Tenía la espalda inquieta y la nuca de porcelana. Tenía un pelo castaño y subversivo, y una lengua despiadada y alegre con la que recorría la vida y milagros de quien se ofreciera.

A la gente le gustaba hablar con ella, porque su voz era como lumbre y sus ojos convertían en palabras precisas los gestos más insignificantes y las historias menos obvias.

No era que inventara maldades sobre los otros ni que supiera con más precisión los detalles de un chisme. Era sobre todo que descubría la punta de cada maraña, el exacto descuido de Dios que coronaba la fealdad de alguien, la pequeña imprecisión verbal que volvía desagradable un alma cándida.

A la tía Charo le gustaba estar en el mundo, recorrerlo con sus ojos inclementes y afilarlo con su voz apresurada. No perdía el tiempo. Mientras hablaba, cosía la ropa de sus hijos, bordaba iniciales en los pañuelos de su marido, tejía chalecos para todo el que tuviera frío en el invierno, jugaba frontón con su hermana, hacía la más deliciosa torta de elote, moldeaba buñuelos sobre sus rodillas y discernía la tarea que sus hijos no entendían.

Nunca la hubiera avergonzado su pasión por las palabras si una tarde de junio no hubiese aceptado ir a unos ejercicios espirituales en los que el padre dedicó su plática al mandamiento «No levantarás falsos testimonios ni mentirás». Durante un rato el padre habló de los grandes falsos testimonios, pero cuando vio que con eso no atemorizaba a su adormilada clientela, se redujo a satanizar la pequeña serie de pecados veniales que se originan en una conversación sobre los demás, y que sumados dan gigantescos pecados mortales.

La tía Charo salió de la iglesia con un remordimiento en la boca del estómago. ¿Estaría ella repleta de pecados mortales, producto de la suma de todas esas veces en que había dicho que la nariz de una señora y los pies de otra, que el saco de un señor y la joroba de otro, que el dinero de un rico repentino y los ojos inquietos de una mujer casada? ¿Podría tener el corazón podrido de pecados por su conocimiento de todo lo que pasaba entre las faldas y los pantalones de la ciudad, de todas las necedades que impedían la dicha ajena y de tanta dicha ajena que no era sino necedad? Le fue creciendo el horror. Antes de ir a su casa pasó a confesarse con el padre español recién llegado, un hombre pequeño y manso que recorría la parroquia de San Javier en busca de fieles capaces de tenerle confianza.

En Puebla la gente puede llegar a querer con más fuerza que en otras partes, sólo que se toma su tiempo. No es cosa de ver al primer desconocido y entregarse como si se le conociera de toda la vida. Sin embargo, en eso la tía no era poblana. Fue una de las primeras clientas del párroco español. El viejo cura que le había dado la primera comunión murió dejándola sin nadie con quien hacer sus más secretos comentarios, los que ella y su conciencia destilaban a solas, los que tenían que ver con sus pequeños extravíos, con las dudas de sus privadísimas faldas, con las burbujas de su cuerpo y los cristales oscuros de su corazón.

—Ave María Purísima —dijo el padre español en su lengua apretujada, más parecida a la de un cantante de gitanerías que a la de un cura educado en Madrid.

—Sin pecado concebida —dijo la tía, sonriendo en la oscuridad del confesionario, como era su costumbre cada vez que afirmaba tal cosa.

—¿Usted se ríe? —preguntó el español adivinándola, como si fuera un brujo.

—No, padre —dijo la tía Charo temiendo los resabios de la Inquisición.

—Yo sí —dijo el hombrecito—. Y usted puede hacerlo con mi permiso. No creo que haya un saludo más ridículo. Pero dígame: ¿cómo está? ¿Qué le pasa hoy tan tarde?

—Me pregunto, padre —dijo la tía Charo—, si es pecado hablar de los otros. Usted sabe, contar lo que les pasa, saber lo que sienten, estar en desacuerdo con lo que dicen, notar que es bizco el bizco y renga la renga, despeinado el pachón, y presumida la tipa que sólo habla de los millones de su marido. Saber de dónde sacó el marido los millones y con quién más se los gasta. ¿Es pecado, padre? —preguntó la tía.

—No, hija —dijo el padre español—. Eso es afán por la vida. ¿Qué ha de hacer aquí la gente? ¿Trabajar y decir rezos? Sobra mucho día. Ver no es pecado, y comentar tampoco. Vete en paz. Duerme tranquila.

—Gracias, padre —dijo la tía Charo y salió corriendo a contárselo todo a su hermana.

Libre de culpa desde entonces, siguió viviendo con avidez la novela que la ciudad le regalaba. Tenía la cabeza llena con el ir y venir de los demás, y era una clara garantía de entretenimiento. Por eso la invitaban a tejer para todos los bazares de caridad, y se peleaban más de diez por tenerla en su mesa el día en que se jugaba canasta. Quienes no podían verla de ese modo, la invitaban a su casa o iban a visitarla. Nadie se decepcionaba jamás de oírla, y nadie tuvo nunca una primicia que no viniera de su boca.

Así corrió la vida hasta un anochecer en el bazar de Guadalupe. La tía Charo había pasado la tarde lidiando con las chaquiras de un cinturón y como no tenía nada nuevo que contar se limitó a oír.

—Charo, ¿tú conoces al padre español de la iglesia

de San Javier? —le preguntó una señora, mientras terminaba el dobladillo de una servilleta.

—¿Por qué? —dijo la tía Charo, acostumbrada a no soltar prenda con facilidad.

—Porque dicen que no es padre, que es un republicano mentiroso que llegó con los asilados por Cárdenas y como no encontró trabajo de poeta, inventó que era padre y que sus papeles se habían quemado, junto con la iglesia de su pueblo, cuando llegaron los comunistas.

—Cómo es díscola alguna gente —dijo la tía Charo y agregó con toda la autoridad de su prestigio—: El padre español es un hombre devoto, gran católico, incapaz de mentir. Yo vi la carta con que el Vaticano lo envió a ver al párroco de San Javier. Que el pobre viejito se haya estado muriendo cuando llegó, no es culpa suya, no le dio tiempo de presentarlo. Pero de que lo mandaron, lo mandaron. No iba yo a hacer mi confesor a un farsante.

—¿Es tu confesor? —preguntó alguna en el coro de curiosas.

—Tengo ese orgullo —dijo la tía Charo, poniendo la mirada sobre la flor de chaquiras que bordaba, y dando por terminada la conversación.

A la mañana siguiente se internó en el confesionario del padre español.

—Padre, dije mentiras —contó la tía.

—¿Mentiras blancas? —preguntó el padre.

—Mentiras necesarias —contestó la tía.

—¿Necesarias para el bien de quién? —volvió a preguntar el padre.

—De una honra, padre —dijo la tía.

—¿La persona auxiliada es inocente?

—No lo sé, padre —confesó la tía.

—Doble mérito el tuyo —dijo el español—. Dios te conserve la lucidez y la buena leche. Ve con él.

—Gracias, padre —dijo la tía.

—A ti —le contestó el extraño sacerdote, poniéndola a temblar.

22

No era bonita la tía Cristina Martínez, pero algo tenía en sus piernas flacas y su voz atropellada que la hacía interesante. Por desgracia, los hombres de Puebla no andaban buscando mujeres interesantes para casarse con ellas y la tía Cristina cumplió veinte años sin que nadie le hubiera propuesto ni siquiera un noviazgo de buen nivel. Cuando cumplió veintiuno, sus cuatro hermanas estaban casadas para bien o para mal y ella pasaba el día entero con la humillación de estarse quedando para vestir santos. En poco tiempo, sus sobrinos la llamarían quedada y ella no estaba segura de poder soportar ese golpe. Fue después de aquel cumpleaños, que terminó con las lágrimas de su madre a la hora en que ella sopló las velas del pastel, cuando apareció en el horizonte el señor Arqueros.

Cristina volvió una mañana del centro, a donde fue para comprar unos botones de concha y un metro de encaje, contando que había conocido a un español de buena clase en la joyería La Princesa. Los brillantes del aparador la habían hecho entrar para saber cuánto costaba un anillo de compromiso, que era la ilusión de su vida. Cuando le dijeron el precio le pareció correcto y lamentó no ser un hombre para comprarlo en ese instante con el propósito de ponérselo algún día.

—Ellos pueden tener el anillo antes que la novia, hasta pueden elegir una novia que le haga juego al anillo. En cambio, nosotras sólo tenemos que esperar. Hay quienes esperan durante toda su vida, y quienes cargan para siempre con un anillo que les disgusta, ¿no crees? —le preguntó a su madre durante la comida.

—Ya no te pelees con los hombres, Cristina —dijo su madre—. ¿Quién va a ver por ti cuando me muera?

—Yo, mamá, no te preocupes. Yo voy a ver por mí.

En la tarde, un mensajero de la joyería se presentó en la casa con el anillo que la tía Cristina se había probado extendiendo la mano para mirarlo por todos lados mientras decía un montón de cosas parecidas a las que le repitió a su madre en el comedor. Llevaba también un sobre lacrado con el nombre y los apellidos de Cristina.

Ambas cosas las enviaba el señor Arqueros, con su devoción, sus respetos y la pena de no llevarlos él mismo porque su barco salía a Veracruz al día siguiente y él viajó parte de ese día y toda la noche para llegar a tiempo. El mensaje le proponía matrimonio: «Sus conceptos sobre la vida, las mujeres y los hombres, su deliciosa voz y la libertad con que camina me deslumbraron. No volveré a México en varios años, pero le propongo que me alcance en España. Mi amigo Emilio Suárez se presentará ante sus padres dentro de poco. Dejo en él mi confianza y en usted mi esperanza.»

Emilio Suárez era el hombre de los sueños adolescentes de Cristina. Le llevaba doce años y seguía soltero cuando ella tenía veintiuno. Era rico como la selva en las lluvias y arisco como los montes en enero. Le habían hecho la búsqueda todas las mujeres de la ciudad y las más afortunadas sólo obtuvieron el trofeo de una nieve en los portales. Sin embargo, se presentó en casa de Cristina para pedir, en nombre de su amigo, un matrimonio por poder en el que con mucho gusto sería su representante.

La mamá de la tía Cristina se negaba a creerle que sólo una vez hubiera visto al español, y en cuanto Suárez desapareció con la respuesta de que iban a pensarlo, la acusó de mil pirujerías. Pero era tal el gesto de asombro de su hija, que terminó pidiéndole perdón a ella y permiso al cielo en que estaba su marido para cometer la barbaridad de casarla con un extraño.

Cuando salió de la angustia propia de las sorpresas, la tía Cristina miró su anillo y empezó a llorar por sus hermanas, por su madre, por sus amigas, por su barrio, por la catedral, por el zócalo, por los volcanes, por el cielo, por el mole, por las chalupas, por el himno nacional, por la carretera a México, por Cholula, por Coetzálan, por los aromados huesos de su papá, por las cazuelas, por los chocolates rasposos, por la música, por el olor de las tortillas, por el río San Francisco, por el rancho de su amiga Elena y los potreros de su tío Abelardo, por la luna de octubre y la de marzo, por el sol de febrero, por su arrogante soltería, por Emilio Suárez que en toda la vida de mirarla nunca oyó su voz ni se fijó en cómo carambas caminaba.

Al día siguiente salió a la calle con la noticia y su anillo brillándole. Seis meses después se casó con el señor Arqueros frente a un cura, un notario y los ojos de Suárez. Hubo misa, banquete, baile y despedidas. Todo con el mismo entusiasmo que si el novio estuviera de este lado del mar. Dicen que no se vio novia más radiante en mucho tiempo.

Dos días después Cristina salió de Veracruz hacia el puerto donde el señor Arqueros con toda su caballerosidad la recogería para llevarla a vivir entre sus tías de Valladolid.

De ahí mandó su primera carta diciendo cuánto extrañaba y cuán feliz era. Dedicaba poco espacio a describir el paisaje apretujado de casitas y sembradíos, pero le mandaba a su mamá la receta de una carne con vino tinto que era el platillo de la región, y a sus hermanas dos poemas de un señor García Lorca que la habían vuelto al revés. Su marido resultó un hombre cuidadoso y trabajador, que vivía riéndose con el modo de hablar español y las historias de aparecidos de su mujer, con su ruborizarse cada vez que oía un «coño» y su terror porque ahí todo el mundo se cagaba en Dios por cualquier motivo y juraba por la hostia sin ningún miramiento.

Un año de cartas fue y vino antes de aquella en que la tía Cristina refirió a sus papás la muerte inesperada del señor Arqueros. Era una carta breve que parecía no tener sentimientos. «Así de mal estará la pobre», dijo su hermana, la segunda, que sabía de sus veleidades sentimentales y sus desaforadas pasiones. Todas quedaron con la pena de su pena y esperando que en cuanto se recuperara de la conmoción les escribiera con un poco más de claridad sobre su futuro. De eso hablaban un domingo después de la comida cuando la vieron aparecer en la sala.

Llevaba regalos para todos y los sobrinos no la soltaron hasta que terminó de repartirlos. Las piernas le habían engordado y las tenía subidas en unos tacones altísimos, negros como las medias, la falda, la blusa, el saco, el sombrero y el velo que no tuvo tiempo de quitarse de la cara. Cuando acabó la repartición se lo arrancó junto con el sombrero y sonrió.

—Pues ya regresé —dijo.

Desde entonces fue la viuda de Arqueros. No cayeron sobre ella las penas de ser una solterona y espantó las otras con su piano desafinado y su voz ardiente. No había que rogarle para que fuera hasta el piano y se acompañara cualquier canción. Tenía en su repertorio toda clase de valses, polkas, corridos, arias y pasos dobles. Les puso letra a unos preludios de Chopin y los cantaba evocando romances que nunca se le conocieron. Al terminar su concierto dejaba que todos le aplaudieran y tras levantarse del banquito para hacer una profunda caravana, extendía los brazos, mostraba su anillo y luego, señalándose a sí misma con sus manos envejecidas y hermosas, decía contundente: «Y enterrada en Puebla.»

Cuentan las malas lenguas que el señor Arqueros no existió nunca. Que Emilio Suárez dijo la única mentira de su vida, convencido por quién sabe cuál arte de la tía

Cristina. Y que el dinero que llamaba su herencia lo había sacado de un contrabando cargado en las maletas del ajuar nupcial.

Quién sabe. Lo cierto es que Emilio Suárez y Cristina Martínez fueron amigos hasta el último de sus días. Cosa que nadie les perdonó jamás, porque la amistad entre hombres y mujeres es un bien imperdonable.

Hubo una tía nuestra, fiel como no lo ha sido ninguna otra mujer. Al menos eso cuentan todos los que la conocieron. Nunca se ha vuelto a ver en Puebla mujer más enamorada ni más solícita que la siempre radiante tía Valeria.

Hacía la plaza en el mercado de la Victoria. Cuentan las viejas marchantas que hasta en el modo de escoger las verduras se le notaba la paz. Las tocaba despacio, sentía el brillo de sus cáscaras y las iba dejando caer en la báscula.

Luego, mientras se las pesaban, echaba la cabeza para atrás y suspiraba, como quien termina de cumplir con un deber fascinante.

Algunas de sus amigas la creían medio loca. No entendían cómo iba por la vida, tan encantada, hablando siempre bien de su marido. Decía que lo adoraba aun cuando estaban más solas, cuando conversaban como consigo mismas en el rincón de un jardín o en el atrio de la iglesia.

Su marido era un hombre común y corriente, con sus imprescindibles ataques de mal humor, con su necesario desprecio por la comida del día, con su ingrata certidumbre de que la mejor hora para querer era la que a él se le antojaba, con sus euforias matutinas y sus ausencias nocturnas, con su perfecto discurso y su prudentísima distancia sobre lo que son y deben ser los hijos. Un marido como cualquiera. Por eso parecía inaudita la condición de perpetua enamorada que se desprendía de los ojos y la sonrisa de la tía Valeria.

29

—¿Cómo le haces? —le preguntó un día su prima Gertrudis, famosa porque cada semana cambiaba de actividad dejando en todas la misma pasión desenfrenada que los grandes hombres gastan en una sola tarea. Gertrudis podía tejer cinco suéteres en tres días, emprenderla a caballo durante horas, hacer pasteles para todas las kermeses de caridad, tomar clase de pintura, bailar flamenco, cantar ranchero, darles de comer a setenta invitados por domingo y enamorarse con toda obviedad de tres señores ajenos cada lunes.

—¿Cómo le hago para qué? —preguntó la apacible tía Valeria.

—Para no aburrirte nunca —dijo la prima Gertrudis, mientras ensartaba la aguja y emprendía el bordado de uno de los trescientos manteles de punto de cruz que les heredó a sus hijas—. A veces creo que tienes un amante secreto lleno de audacias.

La tía Valeria se rió. Dicen que tenía una risa clara y desafiante con la que se ganaba muchas envidias.

—Tengo uno cada noche —contestó, tras la risa.

—Como si hubiera de dónde sacarlos —dijo la prima Gertrudis, siguiendo hipnotizada el ir y venir de su aguja.

—Hay —contestó la tía Valeria cruzando las suaves manos sobre su regazo.

—¿En esta ciudad de cuatro gatos más vistos y apropiados? —dijo la prima Gertrudis haciendo un nudo.

—En mi pura cabeza —afirmó la otra, echándola hacia atrás en ese gesto tan suyo que hasta entonces la prima descubrió como algo más que un hábito raro.

—Nada más cierras los ojos —dijo, sin abrirlos— y haces de tu marido lo que más te apetezca: Pedro Armendáriz o Humphrey Bogart, Manolete o el gobernador, el marido de tu mejor amiga o el mejor amigo de tu marido, el marchante que vende las calabacitas o el millonario protector de un asilo de ancianos. A quien tú quieras, para quererlo de distinto modo. Y no te aburres nunca. El único riesgo es que al final se te noten las nubes en la cara. Pero eso es fácil evitarlo, porque las espantas con las manos y vuelves a besar a tu marido que seguro te quiere como si fueras Ninón Sevilla o Greta Garbo, María Victoria o la adolescente que florece en la casa de junto. Besas a tu marido y te levantas al mercado o a dejar a los niños en el colegio. Besas a tu marido, te acurrucas contra su cuerpo en las noches de peligro, y te dejas soñar...

Dicen que así hizo siempre la tía Valeria y que por eso vivió a gusto muchos años. Lo cierto es que se murió mientras dormía con la cabeza echada hacia atrás y un autógrafo de Agustín Lara debajo de la almohada.

Con la vista perdida en el patio, un día de lluvia como tantos otros, la tía Fernanda dio por fin con la causa exacta de su extravío: era la cadencia. Eso era, porque todo lo demás lo tenía del lado donde debía tenerlo. Pero fue la maldita cadencia lo que la sacó de quicio. La cadencia, esa indescifrable nimiedad que hace que alguien camine de cierto modo, hable en cierto tono, mire con cierta pausa, acaricie con cierta exactitud.

Si hubiera tenido un cinco de cerebro para intuir ese lío, no hubiera entrado en él. Pero quién sabía en dónde había puesto la cabeza aquella vez, ni de dónde había sacado su papá aquello de que por encima de todo el hombre es un ser racional. O sería que al decir hombre, no quería decir mujer.

Vivía alterada porque nunca esperó tal disturbio. Alguna vez había ensoñado con cosas que no eran la paz de sus treinta paredes y su cama de plumas, pero nunca se dio tiempo para seguir tan horrorosas ideas. Tenía mucho quehacer y cuando no lo tenía, se lo inventaba. Tenía que enseñar catecismo a los niños pobres y costura a sus pobres mamás, tenía que organizar la colecta de la Cruz Roja y bailar en los bailes de caridad, tenía que bordar servilletas para cuando sus hijas crecieran y se casaran y mientras se casaban, tenía que hacerles los disfraces de fantasía con los que asistir a las fiestas del colegio. Tenía que llevar al niño a buscar ajolotes en las tardes, hacer la tarea de aritmética y saberse reprobada cuando hacían la de inglés. Además, tenía juego de bridge con unas amigas y encuentros de lectura con otras. Por si fuera poco, hacía el postre de todas las comidas y cuidaba que a la sopa no le faltara vino blanco, la carne no se dorara demasiado, el arroz se esponjara sin pegarse, las salsas no picaran ni mucho ni poco y los quesos fueran servidos junto a las uvas. Por ese tiempo, los maridos comían en sus hogares y luego dormían la siesta para que la eternidad del día no les pesara a media tarde. Por ese tiempo, en las casas había desayunos sin prisa y delicias nocturnas como el pan dulce y el café con leche.

Lograr que todas esas cosas sucedieran sin confusión, y ser de paso una mujer bienhumorada, era algo que cualquier marido tenía derecho a esperar de su señora. Así que la tía Fernanda ni siquiera pensaba en sentirse heroica. Tenía con ella la protección, la risa y los placeres suficientes. Con frecuencia, viendo dormir a sus hijos y leer a su marido, hasta le pareció que le sobraban bendiciones.

¡Cómo iba a querer algo más que ese tranquilo bienestar! De ninguna manera. A ella, la cadencia le había caído del cielo. ¿O del infierno? Se preguntaba furiosa con aquel desorden.

Pasaba toda la misa de nueve discutiendo con Dios aquel desastre. No era justo. Tanta prima solterona y ella con un desbarajuste en todo el cuerpo. Nunca pedía perdón. ¿Qué culpa tenía ella de que a la Divina Providencia se le hubiera ocurrido exagerar su infinita misericordia? No necesitaba otro castigo. No tenía miedo de nada, lo que le estaba pasando era ya su penitencia y su otro mundo. Estaba segura de que al morirse no tendría fuerzas para ningún tipo de vida, menos la eterna.

Sus encuentros con la cadencia la dejaban extenuada. Era tan complicado quererse en los sótanos y las azoteas, dar con lugares oscuros y recovecos solitarios en esa ciudad tan llena de oscuridades y recovecos que nunca eran casuales. ¿Cómo saber si eran seguras las escaleras de una iglesia o el piso de una cava cuando ahí a cualquier hora era posible que alguien tuviera el antojo de emborracharse o llamar a un rosario?

Estaban siempre en peligro, siempre perdiéndose. Primero de los demás, luego de ellos. Cuando se despedían, ella respiraba segura de que no querría volver a verlo, de que se le había gastado toda la necesidad, de que nada era mejor que regresar a su casa dispuesta a querer a los demás con toda la vehemencia que la locura aquella le dejaba por dentro. Y volvía a su casa tolerante, incapaz de educar a los niños en la costumbre de lavarse los dientes, dispuesta a decirles cuentos y canciones hasta que entraran en la paz del ángel de la guarda. Volvía a su casa iluminada, iluminada se metía en la cama, y todo, hasta el deseo de su marido, se iluminaba con ella.

—Es que el cariño no se gasta —pensaba—. ¿Quién habrá inventado que se gasta el cariño?

Nunca fue tan generosa como en ese tiempo. En ese tiempo se quedó con los dos niños que le dejó su cocinera para irse tras su propia cadencia, en ese tiempo su amiga Carmen enfermó de tristeza y fue a dar a un manicomio del que ella la sacó para cuidarla primero y curarla después. En ese tiempo fue cuando su prima Julieta tuvo la peregrina y aterradora idea de salvar a la patria, guerreando en las montañas. También de los hijos de la prima Julieta se hizo cargo la tía Fernanda.

—Estamos dividiéndonos el trabajo —decía, cuando alguien intentaba criticar a Julieta, la clandestina.

Le daba tiempo de todo. Hasta de oír a su marido planear otro negocio y hacer el dictamen cotidiano del devastador estado en que se encontraba el irresponsable, abusivo y corrupto gobierno de la república.

—Primer error: ser república —decía él—. En lugar de haber agradecido la sabiduría del emperador Iturbide y guardarse para siempre como un imperio floreciente.

—Sí, mi vida —sabía contestar la tía con voz de ángel. No iba a discutir ella de política cuando la vida la tenía ocupada en asuntos mucho más importantes.

Poco a poco se había acostumbrado al desbarajuste. Resumió la misa diaria en la de los domingos, liberó a los niños del catecismo y le dejó a su hermana la responsabilidad de la clase de costura. Dedicó las tardes a los nueve hijos que había juntado su delirio y las demás obligaciones, incluida la de encontrar buen vino y escalar azoteas, le cupieron perfecto en cada jornada.

Quién lo diría: ella que tanto le temió al desorden, le estaba agradecida como al sol. Hasta en el cuerpo se le notaba la generosidad del caos en que vivía.

—¿Qué te echas en la cara? —le preguntó su hermana, cuando se encontraron en casa de su padre.

—Confusión —le respondió la tía Fernanda, riéndose.

—Ten cuidado con las dosis —dijo su papá, chupando el cigarro como si no tuviera cáncer. Era un hombre risueño, era el mejor cobijo.

—No siempre dependen de mí —respondió, abrazándolo.

Y de veras no dependían de ella. Cuando el dueño de la cadencia tuvo a bien desaparecer, la sobredosis de confusión estuvo a punto de matarla. Un buen día, el señor entró en la curva del desapego y pasó como vértigo de la adicción al desencanto, de la necesidad al abandono, de conocerla como la palma de su mano a olvidarla como a la palma de su mano. Entonces aquel desorden perdió su lógica, y la vida de la pobre tía Fernanda cayó en el espantoso caos de los días sin huella. Uno tras otro se amontonaban sobre el catarro más largo que haya padecido mujer alguna. Pasaba horas con la cabeza bajo la almohada, llorando como si tosiera, sonándose y maldiciendo como un borracho. Gracias al cielo, a su marido le dio entonces por fundar un partido democrático para oponerse al insolente PNR, un partido digno de gente como él y sus atribulados y decentísimos amigos. No se le ocurrió, por lo tanto, investigar demasiado en los males de su señora, a la que de cualquier modo hacía rato que veía enloquecer como a un mapache. Él comprobaba así la teoría que su padre y su abuelo, ardientes lectores de Schopenhauer, habían encontrado en él con toda claridad las causas y certidumbres filosóficas de la falta de cerebro en las mujeres.

Todo esto lo pensaba mientras su casa, regida todavía por la inercia de los tiempos en que la tía Fernanda vivía encendida y febril, caminaba sin tropiezos. Siempre había toallas en los toalleros y botones en sus camisas, café de Veracruz en su desayuno y puros cubanos en el cajón de su escritorio. Los niños tenían uniformes nuevos y libros recién forrados. La cocinera, la recamarera, la nana, el mozo, el chófer y el jardinero, tenían recién limadas todas las asperezas que hace crecer la convivencia, y hasta Felipita, la vieja encorvada que seguía sintiéndose nana de la tía, estaba entretenida con la dulzura de las confidencias que ella le iba haciendo.

Pasó así más de un mes. Su cuarto olía a encierro y a belladona, ella a sal y cebo. Los ojos le habían crecido como sapos y en la frente le habían salido cuatro arrugas. Los niños empezaron a estar hartos de hacer lo que se les pegaba la gana, la cocinera se peleó a muerte con el chófer, su marido acabó de fundar el partido y empezaron a urgirle conversación y cama tempranera. El director de la Cruz Roja llamó para pedir auxilio económico, su hermana quería dejar un tiempo las clases de costura y como si no bastara, su papá le mandó decir que los enfermos de cáncer terminan por morirse, y que luego lo extrañaría más que a cualquiera. Todo esto puso a la tía Fernanda a llorar con la misma fiereza que el primer día. Doce horas seguidas pasó entre mocos y lágrimas. Como a las siete de la noche, Felipita le preparó un té de azar, tila y valeriana con dosis para casos extremos, y la puso a dormir hasta que la Divina Providencia le tuvo piedad.

Una mañana, la tía Fernanda abrió los ojos y la sorprendió el alivio. Había dormido noches sin apretar los dientes, sin soñar peces muertos, sin ahogarse. Tenía los ojos secos y ganas de hacer pipí, correctamente, por primera vez en mucho tiempo. Estuvo media hora bañándose y al salir con el pelo mojado y la piel lustrosa vio su cara en el espejo y se hizo un guiño. Después, bajó a desayunar con su familia que del gusto tuvo a bien perdonarle que el pan supiera rancio porque el chófer había cambiado de panadería con tal de no ir a la que le ordenó la cocinera, que quién era para mandarlo.

Al terminar el trajín mañanero, la tía Fernanda se fue a misa como en los buenos tiempos.

—Me vas a deber vida eterna —le dijo a la Santísima Trinidad.

Cuando la tía Carmen se enteró de que su marido había caído preso de otros perfumes y otro abrazo, sin más ni más lo dio por muerto. Porque no en balde había vivido con él quince años, se lo sabía al derecho y al revés, y en la larga y ociosa lista de sus cualidades y defectos nunca había salido a relucir su vocación de mujeriego. La tía estuvo siempre segura de que antes de tomarse la molestia de serlo, su marido tendría que morirse. Que volviera a medio aprender las manías, los cumpleaños, las precisas aversiones e ineludibles adicciones de otra mujer, parecía más que imposible. Su marido podía perder el tiempo y desvelarse fuera de la casa jugando cartas y recomponiendo las condiciones políticas de la política misma, pero gastarlo en entenderse con otra señora, en complacerla, en oírla, eso era tan increíble como insoportable. De todos modos, el chisme es el chisme y a ella le dolió como una maldición aquella verdad incierta. Así que tras ponerse de luto y actuar frente a él como si no lo viera, empezó a no pensar más en sus camisas, sus trajes, el brillo de sus zapatos, sus pijamas, su desayuno, y poco a poco hasta sus hijos. Lo borró del mundo con tanta precisión, que no sólo su suegra y su cuñada, sino hasta su misma madre estuvieron de acuerdo en que debían llevarla a un manicomio.

Y allá fue a dar, sin oponerse demasiado. Los niños se quedaron en casa de su prima Fernanda, quien por esas épocas tenía tantos líos en el corazón que para ventilarlo dejaba las puertas abiertas y todo el mundo podía meterse a pedirle favores y cariño sin tocar siquiera.

Tía Fernanda era la única visita de tía Carmen en el manicomio. La única, aparte de su madre, quien por lo demás hubiera podido quedarse ahí también porque no dejaba de llorar por sus nietos y se comía las uñas, a los sesenta y cinco años, desesperada porque su hija no había tenido el valor y la razón necesarios para quedarse junto a ellos, como si no hicieran lo mismo todos los hombres.

La tía Fernanda, que por esas épocas vivía en el trance de amar a dos señores al mismo tiempo, iba al manicomio segura de que con un tornillito que se le moviera podría quedarse ahí por más de cuatro razones suficientes. Así que para no correr el riesgo llevaba siempre muchos trabajos manuales con los que entretenerse y entretener a su infeliz prima Carmen.

Al principio, como la tía Carmen estaba ida y torpe, lo único que hacían era meter cien cuentas en un hilo y cerrar el collar que después se vendería en la tienda destinada a ganar dinero para las locas pobres de San Cosme. Era un lugar horrible en el que ningún cuerdo seguía siéndolo más de diez minutos. Contando cuentas fue que la tía Fernanda no soportó más y le dijo a tía Carmen de su pesar también espantoso.

—Se pena porque faltan o porque sobran. Lo que devasta es la norma. Se ve mal tener menos de un marido, pero para tu consuelo se ve peor tener más de uno. Como si el cariño se gastara. El cariño no se gasta, Carmen —dijo la tía Fernanda—. Y tú no estás más loca que yo. Así que vámonos yendo de aquí.

La sacó esa misma tarde del manicomio.

Fue así como la tía Carmen quedó instalada en casa de su prima Fernanda y volvió a la calle y a sus hijos. Habían crecido tanto en seis meses, que de sólo verlos recuperó la mitad de su cordura. ¿Cómo había podido perderse tantos días de esos niños? Jugó con ellos a ser caballo, vaca, reina, perro, hada madrina, toro y huevo podrido. Se le olvidó que eran hijos del difunto, como llamaba a su marido, y en la noche durmió por primera vez igual que una adolescente.

Ella y tía Fernanda conversaban en las mañanas. Poco a poco fue recordando cómo guisar un arroz colorado y cuántos dientes de ajo lleva la salsa del *spaguetti*. Un día pasó horas bordando la sentencia que aprendió de una loca en el manicomio y a la que hasta esa mañana le encontró el sentido: «No arruines el presente lamentándote por el pasado ni preocupándote por el futuro.» Se la regaló a su prima con un beso en el que había más compasión que agradecimiento puro.

—Debe ser extenuante querer doble —pensaba, cuando veía a Fernanda quedarse dormida como un gato en cualquier rincón y a cualquier hora del día. Una de esas veces, mirándola dormir, como quien por fin respira para sí, revivió a su marido y se encontró murmurando:

—Pobre Manuel.

Al día siguiente amaneció empeñada en cantar *Para quererte a ti*, y tras vestir y peinar a los niños, con la misma eficiencia de sus buenos tiempos, los mandó al colegio y dedicó tres horas a encremarse, cepillar su pelo, enchinarse las pestañas, escoger un vestido entre diez de los que Fernanda le ofreció.

—Tienes razón —le dijo—. El cariño no se gasta. No se gasta el cariño. Por eso Manuel me dijo que a mí me quería tanto como a la otra. ¡Qué horror! Pero también: qué me importa, qué hago yo vuelta loca con los chismes, si estaba yo en mi casa haciendo buenos ruidos, ni uno más ni menos de los que me asignó la Divina Providencia. Si Manuel tiene para más, Dios lo bendiga. Yo no quería más, Fernanda. Pero tampoco menos. Ni uno menos.

Echó todo ese discurso mientras Fernanda le recogía el cabello y le ensartaba un hilo de oro en cada oreja. Luego se fue a buscar a Manuel para avisarle que en su casa habría sopa al mediodía y a cualquier hora de la noche. Manuel conoció entonces la boca más ávida y la mirada más cuerda que había visto jamás.

Comieron sopa.

El día que murió su padre, la tía Isabel Cobián perdió la fe en todo poder extraterreno. Cuando la enfermedad empezó, ella fue a pedirle ayuda a la Virgen del Sagrado Corazón y poco después al señor Santiago que había en su parroquia, un santo de aspecto tan eficaz que iba montado a caballo. Como ninguno de los dos se acomidió a interceder por la salud de su padre, la tía visitó a Santa Teresita que tan buena se veía, a Santo Domingo que fue tan sabio, a San José que sólo por ser casto debía tener todo concedido, a Santa Mónica que tanto sufrió con su hijo, a San Agustín que tanto sufrió con su mamá, y hasta a San Martín de Porres que era negro como su desgracia. Pero ya que a lo largo de cinco días nadie había intercedido para bien, la tía Isabel se dirigió a Jesucristo y a su mismísimo Padre para rogar por la vida del suyo. De todos modos, su papá murió como estaba decidido desde que lo concibieron: el miércoles 15 de febrero de 1935 a las tres de la mañana.

Entonces, para sorpresa de la tía Isabel, la tierra no se abrió ni dejó de amanecer, ni se callaron los pájaros que todos los días escandalizaban en el fresno del jardín. Sus hermanos no se quedaron mudos, ni siquiera su madre dejó de moverse con la suavidad de su hermoso cuerpo. Peor aún, ella seguía perfectamente viva a pesar de haber creído siempre que aquello la mataría. Con el tiempo, supo que la cosa era peor, que esa pena iba a seguirla por la vida con la misma asiduidad con que la seguían sus piernas.

Estaba guapo su papá muerto. Tenía la piel más blanca que nunca y las manos suaves como siempre. Cuando todos bajaron a desayunar, ella se quedó a solas con él y por primera vez en la vida no supo qué decirle. Nada más pudo acomodarse contra aquel cuerpo y poner sobre su cabeza las manos inertes del hombre que la engendró.

—Qué idea tuya morirte —le dijo—. No te lo voy a perdonar nunca.

Y en efecto, nunca se lo perdonó,

Veinte años después, al ver un viejo pensaba que su padre podría estar tan vivo como él y sentía la necesidad de tenerlo cerca con la misma premura que al día siguiente del entierro.

A veces, en mitad de cualquier tarde, porque a su marido no le había gustado el pollo con tomate, porque a sus tres hijos les daba gripa al mismo tiempo, o porque sí, ella sentía una pena de navajas por todo el cuerpo y empezaba a maldecir la traición de su padre. Entonces arrancaba un berrinche como los que hacía de niña mientras él le recomendaba: «Guarda tus lágrimas para cuando yo muera, que ahora estoy aquí para solucionar lo que se te ofrezca.»

No iba a la iglesia. Se casó con uno de esos hombres que entonces se llamaban librepensadores y creció a sus hijos en la confusión teológica venida de un padre que jamás nombró a Dios, ni para negarlo, una abuela y unos parientes que no hacían sino rezar por la salvación del alma de tal padre, y una madre que en lugar de rezarles a los santos, como lo hacía todo el mundo en la ciudad, mantenía largas conversaciones con la foto del abuelito y los domingos compraba un abrazo de claveles y se iba al panteón.

Para consuelo propio, la abuelita los bautizó, les enseñó la señal de la cruz y el catecismo del padre Ripalda. Gracias a ella hicieron la primera comunión y no cargaron con el problema de ser vistos como ateos. Los niños aprendieron todo del mismo modo en que aprendieron de su madre a jugar damas chinas, a leer y a maldecir.

Eran adolescentes cuando tía Isabel se cayó de un caballo al que nadie quiso saber ni por qué ni dónde ni con quién se había subido. La encontraron tirada por el campo militar repitiendo un montón de necedades que su marido decidió no escuchar. Se dedicó a besarla como si fuera una medalla y a permanecer junto a ella todo el tiempo que siempre tenía tan ocupado.

La abuelita llamó a un sacerdote, el hijo mayor enfureció de pena y estuvo todo un día pateando los muebles de la casa. El menor se fue a meter a la iglesia de Santa Clara y la niña de en medio cogió sus diecisiete años, le prendió una vela al abuelito y se fue al panteón con una carretilla de claveles. Cuando volvió a la casa, el médico había dicho que todo estaba en manos de Dios y la familia entera lloraba de antemano a Isabel.

—No le va a pasar nada —dijo la hija de en medio, al volver del panteón con la sonrisa de quienes en mitad de un aguacero encontraron refugio en el quicio de una puerta—. Me lo acaba de asegurar el abuelo —completó, para responder a la pregunta que había en los ojos de todos.

Al poco rato, Isabel dejó el delirio y se bebió de golpe la taza con leche que la hija le había acercado.

—Tienes razón, mamá —dijo la niña—. El abuelito es santo.

—¿Verdad? —contestó su madre.

—Verdad —afirmó la niña, recordando el único domingo que acompañó a su madre al panteón. Tenía seis años y sabía a medias el himno nacional. Quiso cantárselo al abuelo.

—Harás bien, hija —le dijo Isabel.

Y mientras la niña cantaba, ella metió la cara en los claveles y murmuró secretos y secretos, ruegos y ruegos.

—¿Qué le pides, mamá? —había preguntado la niña.

—Delirios, hija —había contestado Isabel Cobián—. Delirios.

La tía Chila estuvo casada con un señor al que abandonó, para escándalo de toda la ciudad, tras siete años de vida en común. Sin darle explicaciones a nadie. Un día como cualquier otro, la tía Chila levantó a sus cuatro hijos y se los llevó a vivir en la casa que con tan buen tino le había heredado su abuela.

Era una mujer trabajadora que llevaba suficientes años zurciendo calcetines y guisando fabada, de modo que poner una fábrica de ropa y venderla en grandes cantidades no le costó más esfuerzo que el que había hecho siempre. Llegó a ser proveedora de las dos tiendas más importantes del país. No se dejaba regatear, y viajaba una vez al año a Roma y París para buscar ideas y librarse de la rutina.

La gente no estaba muy de acuerdo con su comportamiento. Nadie entendía cómo había sido capaz de abandonar a un hombre que en los puros ojos tenía la bondad reflejada. ¿En qué pudo haberla molestado aquel señor tan amable que besaba la mano de las mujeres y se inclinaba afectuoso frente a cualquier hombre de bien?

—Lo que pasa es que es una cuzca —decían algunos.

—Irresponsable —decían otros.

—Lagartija —cerraban un ojo.

—Mira que dejar a un hombre que no te ha dado un solo motivo de queja.

Pero la tía Chila vivía de prisa y sin alegar, como si no supiera, como si no se diera cuenta de que hasta en la intimidad del salón de belleza había quienes no se ponían de acuerdo con su extraño comportamiento.

Justo estaba en el salón de belleza, rodeada de mujeres que extendían las manos para que les pintaran las uñas, las cabezas para que les enredaran los chinos, los ojos para que les cepillaran las pestañas, cuando entró con una pistola en la mano el marido de Consuelito Salazar. Dando de gritos se fue sobre su mujer y la pescó de la melena para zangolotearla como al badajo de una campana, echando insultos y contando sus celos, reprochando la fodonguez y maldiciendo a su familia política, todo con tal ferocidad, que las tranquilas mujeres corrieron a esconderse tras los secadores y dejaron sola a Consuelito, que lloraba suave y aterradoramente, presa de la tormenta de su marido.

Fue entonces cuando, agitando sus uñas recién pintadas, salió de un rincón la tía Chila.

—Usted se larga de aquí —le dijo al hombre, acercándose a él como si toda su vida se la hubiera pasado desarmando vaqueros en las cantinas—. Usted no asusta a nadie con sus gritos. Cobarde, hijo de la chingada. Ya estamos hartas. Ya no tenemos miedo. Déme la pistola si es tan hombre. Valiente hombre valiente. Si tiene algo que arreglar con su señora diríjase a mí, que soy su representante. ¿Está usted celoso? ¿De quién está celoso? ¿De los tres niños que Consuelo se pasa contemplando? ¿De las veinte cazuelas entre las que vive? ¿De sus agujas de tejer, de su bata de casa? Esta pobre Consuelito que no ve más allá de sus narices, que se dedica a consecuentar sus necedades, a ésta le viene usted a hacer un escándalo aquí, donde todas vamos a chillar como ratones asustados. Ni lo sueñe, berrinches a otra parte. Hilo de aquí: hilo, hilo, hilo —dijo la tía Chila tronando los dedos y arrimándose al hombre aquel, que se había puesto morado de la rabia y que ya sin pistola estuvo a punto de provocar en el salón un ataque de risa—. Hasta nunca, señor —remató la tía Chila—. Y si necesita comprensión vaya a buscar a mi marido. Con

suerte y hasta logra que también de usted se compadez-
ca toda la ciudad.

Lo llevó hacia la puerta dándole empujones y cuando lo puso en la banqueta cerró con triple llave.

—Cabrones éstos —oyeron decir, casi para sí, a la
tía Chila.

Un aplauso la recibió de regreso y ella hizo una larga caravana.

—Por fin lo dije —murmuró después.

—Así que a ti también —dijo Consuelito.

—Una vez —contestó Chila, con un gesto de vergüenza.

Del salón de Inesita salió la noticia rápida y generosa como el olor a pan. Y nadie volvió a hablar mal de la
tía Chila Huerta porque hubo siempre alguien, o una
amiga de la amiga de alguien que estuvo en el salón de
belleza aquella mañana, dispuesta a impedirlo.

Una tarde la tía Rosa miró a su hermana como recién pulida, todavía brillante por alguna razón que ella no podía imaginar.

Durante horas oyó cada una de sus palabras tratando de intuir de dónde venían. No adivinó. Sólo supo que esa noche su hermana fue menos brusca con ella. Se portó como si al fin le perdonara su vocación de rezos y guisos, como si ya no fuera a reírse nunca de su irredenta soltería, de su necedad catequística, de su aburrida devoción por la Virgen del Carmen.

Así que se fue a dormir en paz después de repetir el rosario y sopear galletitas de manteca en leche con chocolate.

Quién sabe cómo sería su primer sueño esa noche. Si alguien la hubiera visto, regordeta y sonriente dentro de su camisón, la habría comparado con una niña menor de cinco años. Sin embargo, a la cabeza rizada de tía Rosa entró aquella noche un sueño insospechado.

Soñó que su hermana se iba a un baile de disfraces, que salía sin hacer ruido y regresaba en el centro de una alharaca. Era el aliento de una comparsa de hombres que se reían con ella, sin más quehacer que acompañar la felicidad que le rodaba por todo el cuerpo. La muy dichosa se quitaba y se ponía una máscara de esas que hacen en Venecia, una de muchos colores con la luna en la punta de la cabeza y la boca delirante. De pronto empezó a bailar frente a la tía Rosa que, sentada en el sillón principal de la sala, dejó de comer galletas. Tal era la maravilla que había entrado en su casa.

Su hermana levantaba las piernas para bailar un cancán que los demás tarareaban, pero en lugar de los calzones y los encajes de las cancaneras, ella llevaba una falda diminuta que subía complacida enseñando sus piernas duras y su pubis cambiado de lugar. Porque sobre el sitio en el que está el pubis, ella se había pintado una decoración de hojas amarillas, verdes, moradas que palpitaban como si estuviera en el centro del mundo. Y arriba de una pierna, brillante y esponjado, iba el mechón de pelo de su pubis: viajero y libre como todo en ella.

Al día siguiente, la tía Rosa miró a su hermana como si la viera por primera vez.

—Creo que te estoy entendiendo —le dijo.

—Amén —contestó la hermana, acercando a ella su cara brillante, para darle un beso de los que regalan las mujeres enamoradas porque ya no les caben bajo la ropa.

—Amén —dijo Rosa, y se puso a brincar su propio sueño.

Paulina Traslosheros tenía veinte años cuando conoció a Isaak Webelman, un músico que se detuvo en Puebla a esperar noticias de sus parientes judíos en Nueva York.

Venía de Polonia y Sudamérica y era un hombre distinto al común de los hombres entre los que creció Paulina. Un hombre con sonrisa de mujer y ojos de anciano, con voz de adolescente y manos de pirata. Capaz de convocar al entusiasmo, como lo hacen los niños y de ahuyentar la dicha como separa el agua la quilla de un barco. Era inasible y atractivo como su música preferida, a la que él atribuía un sinnúmero de virtudes, más la principal: llamarse y ser Inconclusa.

—En realidad —le dijo a Paulina, al poco tiempo de conocerla—, los finales son indignos del arte. Las obras de arte son siempre inconclusas. Quienes las hacen, no están seguros nunca de que las han terminado. Sucede lo mismo con las mejores cosas de la vida. En eso, aunque fuera alemán, tenía razón Goethe: «Todo principio es hermoso pero hay que detenerse en el umbral.»

—¿Y cómo se sabe dónde termina el umbral? —le preguntó Paulina pensando que, si era cosa de ponerse pesados, ella no tenía por qué ir atrás. Luego, mientras caminaba hacia el piano, empezó a silbar la tonada principal de la Séptima Sinfonía de Schubert.

Webelman tenía fama de ser un gran músico, y en cuanto llegó a Puebla se hizo de una cantidad de alumnos sólo comparable al tamaño que tenía en cada poblano la veneración por lo extranjero. Cada vez que llegaba un maestro de fuera obtenía decenas de alumnos durante los primeros tres días de estancia. Conservarlos era lo difícil.

El músico Webelman se presentó como maestro de piano, violín, flauta, percusiones y chelo. Tuvo alumnos para todo, hasta uno de nombre Victoriano Álvarez que intentó aprender percusiones antes de convertirse en político como un modo más eficaz de hacer ruido.

Paulina Traslosheros tocaba el piano con mucho más conocimiento y elegancia que cualquiera de las otras alumnas, no en balde su padre la había encerrado todas las tardes de su infancia en la sala de arriba. Primero, era una obligación estarse ahí dos horas practicando escalas hasta morirse de tedio, pero después le tomó cariño a ese lugar. Se acostumbró a los muebles brillantes y tiesos que se acomodaban en aquella sala, esperando visitas que nunca llegarían. Se acostumbró al mantón de manila sobre la cola del piano, a los abanicos enmarcados, al San Juan Bautista que la miraba desde la puerta y a los cuadros de paisajes remotos que presidían las paredes. Le gustó pasar el tiempo ahí, lejos del trajín de toda la casa, sumida en aquel ambiente que olía al siglo antepasado y en el que se permitía las más modernas elucubraciones y fantasías.

Hasta ahí llegaba Isaak Webelman con su Inconclusa todas las tardes, de seis a ocho. Le gustaba hacer discursos y a la tía le gustaba escucharlos. A veces se reía en mitad de una tesis sobre las causas por las que Mozart había puesto un Mi bemol mayor, en lugar de un Re menor, para regir la Sinfonía Concertante.

—Eres un fantasioso —dijo Paulina agradecida.

Tanto tiempo había vivido rodeada de verdades contundentes o irrefutables, que las odiaba.

—Mejor dicho, tú eres una incrédula —contestó Isaak Webelman—. Vuelve a darme ese Re que sonó a brinco.

La tía Paulina obedeció.

—No, así no. Así estás demostrándome cuán virtuosa puedes ser, cuán hábil, pero no cuán artista. Una cosa es hacer sonar un instrumento y otra muy distinta hacer música. La música tiene que tener magia y la magia depende de algunos trucos, pero más que nada de los buenos impulsos. Mira —dijo, pasando un brazo por la cintura de la tía—: Tú quieres dar este Re con más énfasis, no sabes cómo. En apariencia no tienes más que un dedo y una tecla para hacerlo, pero con el dedo y la tecla no haces más que un ruido, lo demás tienes que sacarlo de tu cabeza, de tu corazón, de tus entrañas. Porque ahí es donde está, con toda exactitud, el sonido que deseas. Cuando lo sabes, no tienes más que sacarlo. ¡Sácalo!

La tía Paulina obedeció hipnotizada. El piano de la abuelita sonó como nunca antes con el mismo *Para Elisa* de toda la vida.

—Aprendes —dijo Webelman sentado junto a ella. Luego se la quedó mirando como si ella misma fuera Elisa.

Por la espalda de Paulina Traslosheros corrió un escalofrío. Ese hombre era un horror, un exceso, un desafuero. Para exorcizarlo, ella cometería una hilera de pecados de los que nunca pudo arrepentirse. Ni siquiera cuando él decidió volver a Nueva York, porque ahí estaba el éxito y el éxito no podía cedérsele a la furia que sería la vida de un gran músico atorado en una sala poblana por culpa de algo tan etéreo como el amor.

—Tú supiste desde siempre cuál es mi sinfonía predilecta —dijo Webelman, al recorrer por última vez la espalda de Paulina Traslosheros con el conjuro de su mano audaz y hereje.

—Hasta siempre lo voy a saber —contestó ella, mientras se abrochaba el corpiño empezando a vestirse.

El músico se fue y tuvo el éxito que buscaba. Tanto éxito, que era imposible ir por la vida sin escuchar su nombre en boca de cualquier extraño. Paulina Traslosheros se casó, tuvo hijos y nietos. Cruzó más de un umbral durante la vida, pero nunca pudo evitar el frío bajando por su espalda cada vez que alguien mencionaba aquel nombre.

—¿Qué te pasa, abuela? —le preguntó una de sus nietas cuando la vio estremecerse con los primeros acordes de la Séptima de Schubert saliendo del tocadiscos. Cuarenta años después de la tarde en que había conocido a Isaak Webelman.

—Lo de siempre, mi vida, pero ahora debe ser culpa de un virus, porque ahora todo es viral.

Después cerró los ojos y tarareó, febril y adolescente, la música inconclusa de toda su vida.

Desde muy joven la tía Eloísa tuvo a bien declararse atea. No le fue fácil dar con un marido que estuviera de acuerdo con ella, pero buscando, encontró un hombre de sentimientos nobles y maneras suaves, al que nadie le había amenazado la infancia con asuntos como el temor a Dios.

Ambos crecieron a sus hijos sin religión, bautismo ni escapularios. Y los hijos crecieron sanos, hermosos y valientes, a pesar de no tener detrás la tranquilidad que otorga saberse protegido por la Santísima Trinidad.

Sólo una de las hijas creyó necesitar del auxilio divino y durante los años de su tardía adolescencia buscó auxilio en la iglesia anglicana. Cuando supo de aquel Dios y de los himnos que otros le entonaban, la muchacha quiso convencer a la tía Eloísa de cuán bella y necesaria podía ser aquella fe.

—Ay, hija —le contestó su madre, acariciándola mientras hablaba—, si no he podido creer en la verdadera religión ¿cómo se te ocurre que voy a creer en una falsa?

Ya era tarde y la tía Mercedes seguía buscando quién sabe qué cosas en el cuerpo del hombre al que reconocía como el amor de su vida.

Desde jóvenes se tenían vistos, pero ni ellos mismos supieron bien a bien dónde se les había perdido la primera certidumbre de que estaban hechos para juntarse. Muchas veces él gastaba el tiempo en lamentar lo que consideraba un error imperdonable. Sin embargo, la tía Mercedes le dijo siempre que nada hubiera podido ser distinto, porque aunque ya nadie quisiera creerlo, el destino es el destino.

Fue tiempo después de casarse cada quien con fortuna o desventura, cuando se volvieron a encontrar en una de esas fiestas en las que de puro tedio todo el mundo hubiera querido inventarse otro amor. Una de esas fiestas llenas de pasos dobles y cigarro, de esas que sin remedio terminaban en pleitos de árabes contra españoles, que no eran ni una cosa ni la otra: los españoles habían llegado a la ciudad hacía cuatro siglos y los árabes hacía ochenta años, así que sus descendientes, en realidad, eran poblanos en litigio.

Se miraron de lejos, se fueron acercando y por fin se encontraron en la mesa de unos españoles que ya estaban planeando cómo romper unas sillas en las crismas de los árabes sentados en la mesa más próxima. En medio de aquel caos, ellos perdieron las palabras, volvieron a prenderse de los gestos, se vieron enlazados sin remedio y sin prisa, hasta quién sabía cuándo.

Antes de que empezara la pelea abandonaron la fiesta para irse en busca de una derrota que habían dejado pendiente hacía doce años.

La encontraron. Y se hicieron viejos yendo a buscarla cada vez que la vida se angostaba. La tía Mercedes tenía siempre miedo de que cada encuentro fuera el último. Por eso le gustaba conversar, para robarse al otro, para que no se le escapara del todo cuando volvía a su casa con el cuerpo apaciguado, para poder, en el impredecible tiempo que los desuniera, reconstruirlo todo, no sólo su aventura, sino todas las mutuas aventuras desde siempre.

Cada vez indagaba alguna cosa. Así llegó a saber hasta de qué color había él forrado los cuadernos cuando entró a primero de primaria, cuánto le costaban los perones con chile que compraba a la salida del colegio y por qué le hubiera gustado tanto que ella se llamara Natalia.

Una tarde, casi noche, la tía Mercedes Cuadra tenía la codicia encendida y quiso saber cómo había sido para él eso que los hombres hacían por primera vez en la calle noventa. Él nunca había hablado de eso con ninguna mujer y tardó en empezar su historia. Pero la tía Mercedes le pasó la mano por la espalda como si fuera un caballo y lo fue haciendo hablar de aquel recuerdo, igual que lo hacía desnudarse algunas veces, cuando, ya se habían vestido y estaban a punto de irse.

La calle noventa era un mugrero en el que hasta las luces parecían sucias. Él fue ahí por primera vez con algunos amigos que ya habían estado dos o tres veces, pero nadie era un experto. Algunos habían ido una noche con sus hermanos mayores o con sus tíos, a otro lo había llevado su papá porque tenía la cara llena de barros y a decir suyo no había mejor manera de quitárselos. Total, eran como siete dándose valor, atarantados con aquella clandestinidad impúdica, muertos de risa y pánico.

Pasaron todos con la misma, una chaparrita de gesto inmundo que no dejaba de mascar chicle. Les preguntó si con vestido o sin vestido.

—Sin vestido, les cuesta el doble —advirtió.

Acordaron que con vestido. Él ya no sabía cómo tuvo ganas de nada cuando le tocó pasar, pero pasó. La chaparrita le mascó el chicle en la oreja todo el tiempo y él juró no volver.

—¿Y no volviste? —preguntó la tía Mercedes, empezando a vestirse, celosa como si acabara de oír la más impecable historia de amor.

—Sí volví —dijo él—. En la tarde ya le estaba robando a mi mamá dinero para regresar. Y regresé con la misma.

—¿Igual que ahora? —dijo la tía Mercedes, dejándose caer sobre él para morderlo y rasguñarlo.

—Sólo que tú no mascas chicle —contestó él abrazándola. Le pellizcó después las costillas para hacerla reír.

Así estuvieron un rato, un rato largo: riéndose, riéndose, hasta que acabaron llorando.

La tía Verónica era una niña de ojos profundos y labios delgados. Miraba rápido, y le parecía largo el tiempo en el colegio. A veces la castigaban con la cara contra la pared o la ponían a coser el dobladillo que de un brinco le había desbaratado al uniforme.

En las tardes, por fin, la dejaban jugar con su gata Casiopea, un animal con mirada de reina y actitud desdeñosa, en contraste con sus rayas grises y su pelambre corriente.

Casi al mismo tiempo en que dejó de ponerle gorro a Casiopea y la convirtió en la mascota ideal para trepar árboles, la tía Verónica descubrió las noches y sus extraños desafíos. De la punta de una rama pasaba con todos sus hermanos a una tina y de ahí a la merienda y a una cama para cada quien.

Ella no cuenta exactamente cómo fue que cayó en el juego nocturno que asoció al inefable sexto mandamiento. Quizá porque nunca estuvo claro, y era grande, fantasioso y oscuro como las mismas noches. El caso es que dejó de confesarse y dejó de comulgar uno y otro Viernes Primero.

Nadie se daba esos lujos en la pequeña comunidad que era su colegio. Seguramente, pensaba ella, porque nadie se daba tiempo para los otros lujos.

Las llevaban a misa de once. Cruzaban el Paseo Bravo con las mantillas sobre los hombros, en fila, de dos en dos, sin permiso para mirar las jaulas de los changos con sus sonrisas obscenas o levantar la cabeza hasta la punta de la rueda de la fortuna y dejarla ahí dando vueltas.

Ella siempre aprovechaba ese tiempo para romper el ayuno con un chicle, tres cacahuetes o cualquier cosa que significara un castigo menos grave que la excomunión derivada de comulgar con el sexto mandamiento metido en todo el cuerpo.

Pero después de cuatro veces de ponerla a escribir todo un cuaderno con «no debo romper el ayuno», su maestra caminó junto a ella por el parque fijándose muy bien que no se metiera nada en la boca.

Entonces alegó no estar confesada y se paró en la punta de la fila más larga junto al confesionario. Para su suerte, había muchas niñas urgidas de confesar lo de siempre: engaños a los papás y pleitos con los hermanos. Ella les cedió su lugar cinco veces y cuando llegó la hora de comulgar, se había librado del confesionario por falta de tiempo.

Trucos de ésos encontró durante un año, pero hasta su audacia imaginaba que se le acabarían alguna vez. Por eso sintió un brinco de gusto cuando supo que había llegado a la parroquia de su barrio un padrecito nuevo que venía de la sierra. Hablaba un español tropezado y su despeinada cabeza le inspiró confianza.

La iglesia de Santiago era un esperpento de yesos cubiertos con dorado y santos a medio despostillar. La misma mezcla de viejos ricos y eternos pobres se amontonaba en sus democráticas y cochambrosas bancas. Los confesionarios eran de madera labrada y tenían tres puertas: por la de en medio entraba el cura, las otras dos formaban pequeños escondrijos en los que cabía un reclinatorio bajo la única ventana, que era una rejilla directa sobre la oreja del confesor. Ahí se hincaban las niñas, ponían la boca contra la pestilente rejilla y descargaban su conciencia. Luego recibían una dosis de avemarías y se iban con la misma intranquilidad a seguir peleando con los hermanos y asaltando la despensa.

La tía Verónica supo que el recién llegado estaba justo frente al confesionario en el que se sentaba el eterno padre Cuspinera, el que la bautizó, le dio la primera comunión y le pellizcaba las mejillas en el atrio mientras repetía los mismos saludos para su mamá. Ella no podía permitirse lastimar los oídos del padre Cuspinera, el ronco y redondo monseñor, Prelado Doméstico de su Santidad, que era como un pariente sin hijos, como un tío empeñado en construirle una iglesia a la Virgen del Perpetuo Socorro con la misma terquedad con que ella persistía en sus pecados nocturnos. Lo mejor —volvió a pensar— era el recién llegado. Así todo quedaría entre desconocidos.

Entró al confesionario, atropelló el *Yo pecador* y dijo:

—Pequé contra el sexto.

—¿Sola o acompañada? —le preguntó el nuevo vicario.

Hasta entonces supo la tía Verónica que tal asunto se podía practicar acompañada. «¿Cómo sería eso?», se preguntó mientras contestaba: «Sola.» Era tal su sorpresa que se ahorró la desobediencia y las otras minucias y dijo suavemente: «Nada más, padre.»

Después oyó la penitencia: tenía que salir del confesionario, rezar otra vez el *Yo pecador* y luego irse a su casa deteniéndose en el camino frente a cada poste que encontrara, a darse un tope al son de una Salve.

Cosa más horrenda no pudo haber imaginado como penitencia. Ella estaba dispuesta a cualquier dolor que fuera tan clandestino como su pecado, pero ir dándose de topes en cada poste con la turba de sus hermanos riéndose tras ella le daba más miedo que irle a contar todo al padre Cuspinera.

Lo miró sentado en el confesionario de enfrente, con su gesto de niño aburrido, harto de que la tarde fuera tan igual a otras tardes, dormitando entre beata y beata. De repente empujó la puerta que lo medio escondía y miró la fila de mujeres esperando su turno:

—Todas ustedes —les dijo— ya se confesaron ayer. Si no traen algo nuevo, hínquense porque les voy a dar la absolución.

Sin levantarse de su asiento empezó a bendecirlas mientras murmuraba algo en latín. Después las mandó a su casa y redujo su tarea de confesor a la corta hilera de hombres que se fueron arrodillando frente a él.

Cuando terminó con el último oyó que la puerta de las mujeres se abría despacio. Sintió un cuerpo breve caer sobre el reclinatorio y un aliento joven contra la rejilla. Suspiró mientras oía el *Yo pecador* repetido por una voz que sonaba al cristal de sus copas alemanas.

—He pecado contra el sexto —dijo el sonido a punto de romperse.

No necesitó más para levantarse de la silla y caminar hasta la puerta contigua. La abrió. Ahí estaba la delgada figura de la tía Verónica, con sus enormes ojos oscuros, su boca como un desafío, su cuello largo, su melena corta.

—¿Tú, criatura? —dijo el padre Cuspinera, con su voz de campanario—. No sabes lo que estás diciendo.

Luego la tomó de la mano, la llevó a sentarse junto a él en una banca vacía, le pellizcó los cachetes, le dio una palmada en el hombro, sonrió desde el fondo de su casto pasado y le dijo:

—Échale una miradita al Santísimo, y vete a dormir. Mañana comulgas, que es Viernes Primero.

Desde entonces la tía Verónica durmió y pecó como la bendita que fue.

La tía Eugenia conoció el Hospital de San José hasta que parió a su quinto hijo. Después de luchar veinte horas ayudada por toda su familia, aceptó el peligro de irse a un hospital, dado que nadie sabía qué hacer para sacarle al niño que se le cuatrapeó a media barriga. La tía les tenía terror a los hospitales porque aseguraba que era imposible que unos desconocidos quisieran a la gente que veían por primera vez.

Ella era buena amiga de su partera, su partera llegaba siempre a tiempo, limpia como un vaso recién enjabonado, sonriente y suave, hábil y vertiginosa como no era posible encontrar ningún médico. Llegaba con sus miles de trapos albeantes y sus cubos de agua hervida, a contemplar el trabajo con que tía Eugenia ponía sus hijos en el mundo.

Sabía que no era la protagonista de esa historia y se limitaba a ser una presencia llena de consejos acertados y aún más acertados silencios.

La tía Eugenia era la primera en tocar a sus hijos, la primera que los besaba y lamía, la primera en revisar si estaban completos y bien hechos. Doña Telia la confortaba después y dirigía el primer baño de la creatura. Todo con una tranquilidad contagiosa que hacía de cada parto un acontecimiento casi agradable. No había gritos, ni carreras, ni miedo, con doña Telia como ayuda.

Pero por desgracia, esa mujer de prodigio no era eterna y se murió dos meses antes del último alumbramiento de la tía Eugenia. De todos modos, ella se instaló en su recámara como siempre y le pidió ayuda a su hermana, a su mamá y a la cocinera. Todo habría ido muy bien si al niño no se le ocurre dar una marometa que lo dejó con la cabeza para arriba.

Después de algunas horas de pujar y maldecir en la intimidad, todo el que se atrevió pudo pasar entre las piernas de la tía a ver si con sus consejos era posible convencer al mocoso necio de que la vida sería buena lejos de su mamá. Pero nadie atinó a solucionar aquel desbarajuste. Así que el marido se puso enérgico y cargó con la tía al hospital. Ahí la pobrecita cayó en manos de tres médicos que le pusieron cloroformo en la nariz para sacarla de la discusión y hacer con ella lo que más les convino.

Sólo varias horas después la tía recobró el alma, preguntando por su niño. Le dijeron que estaba en el cunero.

Todavía hay en el hospital quien recuerda el escándalo que se armó entonces. La tía tuvo fuerzas para golpear a la enfermera que salió corriendo en busca de su jefa. También su jefa recibió un empujón y una retahíla de insultos. Mientras caminaba por los pasillos en busca del cunero la llamó cursi, marisabidilla, ridícula, torpe, ruin, loca, demente, posesiva, arbitraria y suma, pero sumamente tonta.

Por fin entró a la salita llena de cunas y se fue sin ningún trabajo hasta la de su hijo. Metió la cara dentro de la cesta y empezó a decir asuntos que nadie entendía. Habló y habló miles de cosas, abrazada a su niño, hasta que consideró suficiente la dosis de susurros. Luego lo desvistió para contarle los dedos de los pies y revisarle el ombligo, las rodillas, la pirinola, los ojos, la nariz. Se chupó un dedo y se lo puso cerca de la boca llamándolo remilgoso. Y sólo respiró en orden hasta verlo menear la cabeza y extender los labios en busca de un pezón. Entonces lo cargó dándole besos y se lo puso en la chichi izquierda.

—Eso —le dijo—. Hay que entrar al mundo con el pie derecho y por la chichi izquierda. ¿Verdad mi amor?

La jefa de enfermeras tenía unos cuatro o cinco años, seis hijos y un marido menos que la tía Eugenia. Desde la inmensa sabiduría de sus vírgenes veinticinco, juzgó que la recién parida pasaba por uno de los múltiples trances de hiperactividad y prepotencia que una madre necesita para sobrellevar los primeros días de crianza, así que decidió tratar el agravio con el marido de la señora. Se tragó los insultos y le preguntó a la tía si quería que la ayudara a volver a su cuarto. La tía dijo no necesitar más ayuda que sus dos piernas y se fue caminando como una aparición hasta el cuarto 311.

El marido de Eugenia era un hombre que con los ojos negaba sus irremediables cuarenta años, que tenía la inteligencia hasta en el modo de caminar, y las ganas de vivir cruzándole la risa y las palabras de tal modo que a veces parecía inmortal.

Llegó una tarde a visitar a su mujer cargado con las flores de siempre, un dibujo de cada hijo, unos chocolates que enviaba su madre y las dos cajas de puros que distribuiría entre las visitas para celebrar que el bebé fuera un hombre. Caminaba por el pasillo divirtiéndose con sólo pensar en lo que serían los mil defectos propios de los hospitales que de seguro había encontrado su esposa, esa mujer a su juicio extraña y fascinante con la que había jurado vivir toda la vida, no sólo porque en algún momento le pareció la más linda del mundo, sino porque supo siempre que con ella sería imposible aburrirse.

En mitad del pasillo lo detuvo la impredecible boca de Georgina Dávila. Había oído hablar de ella alguna vez: mal, por supuesto. A la gente le parecía que era una muchacha medio loca, rica como todas las personas de las que se habla demasiado y extravagante porque no podía ser más que una extravagancia meterse a estudiar medicina en vez de buscarse un marido que le diera razón a su existencia. No le había importado la amenaza de perder hasta la hermosa hacienda de Vicencio, ni la pena infinita que le causaba a su madre saberla entre la

pus y las heridas de un hospital, como si su familia no
tuviera dónde caerse viva. En realidad, era una vanido-
sa empeñada en tener profesión como si no tuviera ya
todo. Hasta el padre Mastachi le había hablado de los
riesgos de la soberbia, pero ella no quería oír a nadie.
Se limitaba a sonreír, enseñando a medias unos dientes
de princesa, manteniendo firmes los ojos de monja gua-
pa que tantos corazones habían roto. Se consiguió una
sonrisa suave y cuidadosa que esgrimía frente a quienes
se empeñaban en convencerla de cuán bella y altruista
profesión era el matrimonio, una risa que quería decir
algo así como:

—Ustedes no entienden nada y yo no me voy a tomar la molestia de seguir explicándoles.

Está claro que a Georgina Dávila le costaba suficiente trabajo mantenerse en el lugar que le había bus-
cado a su vida, como para perderlo frente a una partu-
rienta lépera. De modo que en cuanto vio al marido le
cayó encima con una lista de los desacatos que había
cometido la tía Eugenia y terminó su discurso pidiéndole que controlara a su señora.

—Mire usted —dijo el hombre, con el brillo de una
ironía—, no me pida imposibles.

Ella accedió a entenderlo con sus helados ojos azules y el marido de la tía se enamoró de aquella frialdad
con la misma fuerza intempestiva con que amó siempre
la calidez de su esposa.

—Voy por su hijo —acertó a decir la doctora Dávila,
extendiendo una mano que no sintió suya.

Tenía una palpitación en el sitio que con tanto cariño había cuidado en otras mujeres y padecía la pena horrible de ver llegar el deseo por el mismo lugar que las
otras.

Al poco tiempo entró a la recámara cargando a un
niño con la cara de papa cocida que tenían los demás
recién nacidos, pero al que de pronto ella veía como un
ser luminoso y adorable. Lo puso en los brazos de la
mamá.

—Viene completo —dijo.

—Perdón por el escándalo de hoy en la mañana —pidió la tía Eugenia mirando a Georgina Dávila con agrado.

—No hay nada que perdonar —se oyó decir Georgina.

—Lo volvería a hacer —completó la tía Eugenia.

—Tendría usted razón —le contestó Georgina.

Luego dio la vuelta y se fue rápido a examinar la sensación de ignominia que le recorría el cuerpo. Había cruzado cuatro palabras con el marido de esa señora y ya le parecía una tortura dejarlo con ella.

«Soy una estúpida. Me hace falta dormir», se dijo mientras caminaba hacia el cuarto de una mujer que en lugar de vientre tenía un volcán adolorido.

Cerca de la medianoche volvió donde la tía en busca del bebé que había engendrado el hombre aquel, tan parecido a su abuelo materno. Su abuelo fue el único adulto al que ella vio desnudo bajo la regadera en que se bañaban juntos, su abuelo de piernas largas que le enseñaba el pito con la misma naturalidad con que la dejaba tocar las grandes venas que se endurecían en sus manos, su abuelo que le contaba las vértebras bajo el agua.

—Eres un montón de huesitos —le decía—. Te debes llamar *Huesitos*.

Cuando entró al cuarto 311, la tía Eugenia dormía como un ángel exhausto. Su marido no se había atrevido a mover el brazo sobre el cual ella recargó durante un largo rato su incansable vehemencia, hasta irla perdiendo en la del sueño.

Georgina le quitó al niño del regazo y lo miró para no mirar al hombre que le estaba robando la paciencia.

—Son un milagro —oyó que decía su voz en la penumbra.

—Todo —contestó ella, abrazando al niño que se llevaba.

Tres días después, la tía Eugenia salió del hospital con su quinto hijo y la mitad de su marido.

De un día para otro, el hombre aquel había perdido la certidumbre de su dicha sin agujeros, la fuerza que alguna vez lo hizo inmortal, el control de sus días y de sus sueños.

Desde entonces vivió en el infierno que es disimular un amor frente a otro, y ya nada fue bueno para él, en ninguna parte estuvo a gusto, y se le instaló en los ojos una irremisible nostalgia.

Toda la pasión con que alguna vez anduvo por la vida se le partió en dos y ya no fue feliz, y ya no pudo hacer feliz a nadie.

Por eso, cuando en medio de una comida familiar, su corazón debilitado no pudo seguir con la vida en vilo de esos años, la tía Eugenia lo llevó sin la menor duda al Hospital San José. Porque ahí estaría Georgina.

—¿Se va a morir? —preguntó la tía Eugenia en cuanto estuvieron solas.

—Sí —le contestó Georgina.

—¿Cuándo? —preguntó la tía Eugenia.

—Al rato, mañana, el jueves —dijo la doctora y se encajó los dientes en el labio inferior.

La tía Eugenia caminó los cuatro pasos que las separaban para abrazarla. Georgina Dávila se dejó mecer y acariciar como una huérfana.

Una semana después, el cambio de enfermeras las sorprendió a las dos llorando sobre el mismo cadáver. Entre las dos habían velado sus últimos sueños, le habían quitado los harapos al ir y venir de su mirada, habían puesto sosiego en sus manos, palabras de amnistía en sus oídos. Cada una le había dado como último consuelo la certidumbre de que era imposible no querer a la otra.

—Nadie pudo ser mejor compañía. Nadie era tan infeliz como yo, más que Georgina —contaba la tía Eugenia años después, al recordar los orígenes de su larga hermandad con la doctora Dávila.

Un día, Natalia Esparza, mujer de piernas breves y redondas chichis, se enamoró del mar. No supo bien a bien en qué momento le llegó aquel deseo inaplazable de conocer el remoto y legendario océano, pero le llegó con tal fuerza que hubo de abandonar la escuela de piano y lanzarse a la búsqueda del Caribe, porque al Caribe llegaron sus antepasados un siglo antes, y de ahí la llamaba sin piedad lo que nombró el pedazo extraviado de su conciencia.

El llamado del mar se hizo tan fuerte que ni su propia madre logró convencerla de esperar siquiera media hora. Por más que le rogó calmar su locura hasta que las almendras estuvieran listas para el turrón, hasta que hubiera terminado el mantel de cerezas que bordaba para la boda de su hermana, hasta que su padre entendiera que no era la putería, ni el ocio, ni una incurable enfermedad mental lo que la había puesto tan necia en irse de repente.

La tía Natalia creció mirando los volcanes, escudriñándolos en las mañanas y en las tardes. Sabía de memoria los pliegues en el pecho de la Mujer Dormida y la desafiante cuesta en que termina el Popocatépetl. Vivió siempre en la tierra oscura y el cielo frío, cocinando dulces a fuego lento y carne escondida bajo los colores de salsas complicadísimas. Comía en platos dibujados, bebía en copas de cristal y pasaba horas sentada frente a la lluvia, oyendo los rezos de su mamá y las historias de su abuelo sobre dragones y caballos con alas. Pero supo del mar la tarde en que unos tíos de Campeche entraron a su merienda de pan y chocolate, antes de seguir el camino hacia la ciudad amurallada a la que rodeaba un implacable océano de colores.

Siete azules, tres verdes, un dorado: todo cabía en el mar. La plata que nadie podría llevarse del país: entera bajo una tarde nublada. La noche desafiando el valor de las barcas, la tranquila conciencia de quienes las gobiernan. La mañana como un sueño de cristal, el mediodía brillante como los deseos.

Ahí, pensó ella, hasta los hombres debían ser distintos. Los que vivieran junto a ese mar que ella imaginó sin tregua a partir de la merienda del jueves no serían dueños de fábricas, ni vendedores de arroz, ni molineros, ni hacendados, ni nadie que pudiera quedarse quieto bajo la misma luz toda la vida. Tanto habían hablado su tío y su padre de los piratas de antes, de los de ahora, de don Lorenzo Patiño abuelo de su madre, al que entre burlas apodaron Lorencillo cuando ella contaba que había llegado a Campeche en su propio bergantín. Tanto habían dicho de las manos callosas y los cuerpos pródigos que pedían aquel sol y aquella brisa; tan harta estaba ella del mantel y del piano, que salió tras los tíos sin ningún remordimiento. Con los tíos viviría, esperó su madre. Sola, como una cabra loca, adivinó su padre.

No sabía por dónde era el camino, sólo quería ir al mar. Y al mar llegó después de un largo viaje hasta Mérida y de una terrible caminata tras los pescadores que conoció en el mercado de la famosa ciudad blanca.

Eran uno viejo y uno joven. El viejo, conversador y marihuano; el joven, considerando todo una locura. ¿Cómo volvían ellos a Holbox con una mujer tan preguntona y bien hecha? ¿Cómo podían dejarla?

—A ti también te gusta —le había dicho el viejo— y ella quiere venir. ¿No ves cómo quiere venir?

La tía Natalia había pasado toda la mañana sentada en la pescadería del mercado, viendo llegar uno tras otro a hombres que cambiaban por cualquier cosa sus animales planos, de huesos y carne blanca, sus animales raros, pestilentes y hermosos como debía ser el mar. Se detuvo en los hombros y el paso, en la voz afrentada del que no quiso regalar su caracol.

—Es tanto o me lo regreso —había dicho.

«Tanto o me lo regreso», y los ojos de la tía Natalia se fueron tras él.

El primer día caminaron sin parar, con ella preguntando y preguntando si en verdad la arena del mar era blanca como el azúcar y las noches calientes como el alcohol. A veces se sentaba a sobarse los pies y ellos aprovechaban para dejarla atrás. Entonces se ponía los zapatos y arrancaba a correr repitiendo las maldiciones del viejo.

Llegaron hasta la tarde del día siguiente. La tía Natalia no lo podía creer. Corrió al agua empujada por sus últimas fuerzas y se puso a llorar sal en la sal. Le dolían los pies, las rodillas, los muslos. Le ardían de sol los hombros y la cara. Le dolían los deseos, el corazón y el pelo. ¿Por qué estaba llorando? ¿No era hundirse ahí lo único que deseaba?

Oscureció despacio. Sola en la playa interminable tocó sus piernas y todavía no eran una cola de sirena. Hacía un aire casi frío, se dejó empujar por las olas hasta la orilla. Caminó por la playa espantando unos mosquitos diminutos que le comían los brazos. No muy lejos estaba el viejo con los ojos extraviados en ella.

Se tiró con la ropa mojada sobre la blanca cama de arena y sintió acercarse al anciano, meter los dedos entre su cabello enredado y explicarle que si quería quedarse tenía que ser con él porque todos los otros ya tenían su mujer.

—Con usted me quedo —dijo y se durmió.

Nadie sabe cómo fue la vida de la tía Natalia en Holbox. Regresó a Puebla seis meses después y diez años más vieja, llamándose la viuda de Uc Yam.

Tenía la piel morena y arrugada, las manos callosas y una extraña seguridad para vivir. No se casó nunca, nunca le faltó un hombre, aprendió a pintar y el azul de sus cuadros se hizo famoso en París y en Nueva York.

Sin embargo, la casa en que vivió estuvo siempre en Puebla, por más que algunas tardes, mirando a los volcanes, se le perdieran los sueños para írsele al mar.

—Uno es de donde es —decía, mientras pintaba con sus manos de vieja y sus ojos de niña—. Por más que no quieras, te regresan de allá.

El novio de Clemencia Ortega no supo el frasco de locura y pasiones que estaba destapando aquella noche. Lo tomó como a la mermelada y lo abrió, pero de ahí para adelante su vida toda, su tranquilo ir y venir por el mundo, con su traje inglés o su raqueta de frontón, se llenó de aquel perfume, de aquel brebaje atroz, de aquel veneno.

Era bonita la tía Clemencia, pero abajo los rizos morenos tenía pensamientos y eso a la larga resultó un problema. Porque a la corta habían sido sus pensamientos y no sólo sus antojos los que la llevaron sin dificultad a la cama clandestina que compartió con su novio.

En aquellos tiempos, las niñas poblanas bien educadas no sólo no se acostaban con sus novios sino que a los novios no se les ocurría siquiera sugerir la posibilidad. Fue la tía Clemencia la que desabrochó su corpiño, cuando de tanto sobarse a escondidas sintió que sus pezones estaban puntiagudos como dos pirinolas. Fue ella la que metió sus manos bajo el pantalón hasta la cueva donde guardan los hombres la mascota que llevan a todas partes, el animal que le prestan a uno cuando se les pega la gana, y que luego se llevan, indiferente y sosegado, como si nunca nos hubiera visto. Fue ella, sin que nadie la obligara, la que acercó sus manos al aliento irregular de aquel pingo, la que lo quiso ver, la tentona.

Así que el novio no sintió nunca la vergüenza de los que abusan, ni el deber de los que prometen. Hicieron el amor en la despensa mientras la atención de todo el mundo se detenía en la prima de la tía Clemencia, que esa mañana se había vestido de novia para casarse como Dios manda. La despensa estaba oscura y en silencio al terminar el banquete. Olía a especias y nuez, a chocolate de Oaxaca y chile ancho, a vainilla y aceitunas, a panela y bacalao. La música se oía lejos, entrecortada por el griterío que pedía que se besaran los novios, que el ramo fuera para una pobre fea, que bailaran los suegros. A la tía Clemencia le pareció que no podía haber mejor sitio en el mundo para lo que había elegido tener aquella tarde. Hicieron el amor sin echar juramentos, sin piruetas, sin la pesada responsabilidad de saberse mirados. Y fueron lo que se llaman felices, durante un rato.

—Tienes orégano en el pelo —le dijo su madre cuando la vio pasar bailando cerca de la mesa en la que ella y el papá de Clemencia llevaban sentados cinco horas y media.

—Debe ser del ramo que cayó en mi cabeza.

—No vi que te tocara el ramo —dijo su madre—. No te vi siquiera cuando aventaron el ramo. Te estuve gritando.

—Me tocó otro ramo —contestó Clemencia con la soltura de una niña tramposa.

Su mamá estaba acostumbrada a ese tipo de respuestas. Aunque le sonaban del todo desatinadas, las achacaba al desorden mental que le quedó a su niña tras las calenturas de un fuerte sarampión. Sabía también que lo mejor en esos casos era no preguntar más, para evitar caer en un embrollo. Se limitó a discurrir que el orégano era una hierba preciosa, a la que se le había hecho poca justicia en la cocina.

—A nadie se le ha ocurrido usarlo en postres —dijo, en voz alta, para terminar su reflexión.

—Qué bonito baila Clemencia —le comentó su vecina de asiento y se pusieron a platicar.

Cuando el novio al que se había regalado en la despensa quiso casarse con la tía Clemencia, ella le contestó que eso era imposible. Y se lo dijo con tanta seriedad que él pensó que estaba resentida porque en lugar de pedírselo antes se había esperado un año de perfúmenes furtivos, durante el cual afianzó bien el negocio de las panaderías hasta tener una cadena de seis con pan blanco y pan dulce, y dos más con pasteles y gelatinas.

Pero no era por eso que la tía Clemencia se negaba, sino por todas las razones que con él no había tenido nunca ni tiempo ni necesidad de explicar.

—Yo creía que tú habías entendido hace mucho—le dijo.

—¿Entendido qué? —preguntó el otro.

—Que en mis planes no estaba casarme, ni siquiera contigo.

—No te entiendo —dijo el novio, que era un hombre común y corriente—. ¿Quieres ser una puta toda tu vida?

Cuando la tía Clemencia oyó aquello se arrepintió en un segundo de todas las horas, las tardes y las noches que le había dado a ese desconocido. Ni siquiera tuvo ánimo para sentirse agraviada.

—Vete —le dijo—. Vete, antes de que te cobre el dineral que me debes.

Él tuvo miedo, y se fue.

Poco después se casó con la hija de unos asturianos, bautizó seis hijos y dejó que el tiempo pasara sobre sus recuerdos, enmoheciéndolos igual que el agua estancada en las paredes de una fuente. Se volvió un enfurecido fumador de puros, un bebedor de todas las tardes, un insomne que no sabía qué hacer con las horas de la madrugada, un insaciable buscador de negocios. Hablaba poco, tenía dos amigos con los que iba al club de tiro los sábados en la tarde y a los que nunca pudo confiarles nada más íntimo que la rabia infantil que lo paralizaba cuando se le iban vivos más de dos pichones. Se aburría.

La mañana de un martes, diecinueve años después de haber perdido el perfume y la boca de la tía Clemencia, un yucateco se presentó a ofrecerle en venta la tienda de abarrotes mejor surtida de la ciudad. Fueron a verla. Entraron por la bodega de la trastienda, un cuarto enorme lleno de semillas, sacos de harina y azúcar, cereales, chocolate, yerbas de olor, chiles y demás productos para llenar despensas.

De golpe el hombre sintió un desorden en todo el cuerpo, sacó su chequera para comprar la tienda sin haberla visto entera, le pagó al yucateco el primer precio, y salió corriendo, hasta la casa de tres patios donde aún vivía la tía Clemencia. Cuando le avisaron que en la puerta la buscaba un señor, ella bajó corriendo las escaleras que conducían a un patio lleno de flores y pájaros.

Él la vio acercarse y quiso besar el suelo que pisaba aquella diosa de armonía en que estaba convertida la mujer de treinta y nueve años que era aquella Clemencia. La vio acercarse y hubiera querido desaparecer pensando en lo feo y envejecido que él estaba. Clemencia notó su turbación, sintió pena por su barriga y su cabeza medio calva, por las bolsas que empezaban a crecerle bajo los ojos, por el rictus de tedio que él hubiera querido borrarse de la cara.

—Nos hemos hecho viejos —le dijo, incluyéndose en el desastre, para quitarle la zozobra.

—No seas buena conmigo. He sido un estúpido y se me nota por todas partes.

—Yo no te quise por inteligente —dijo la tía Clemencia con una sonrisa.

—Pero me dejaste de querer por idiota —dijo él.

—Yo nunca he dejado de quererte —dijo la tía Clemencia—. No me gusta desperdiciar. Menos los sentimientos.

—Clemencia —dijo el hombre, temblando de sorpresa—. Después de mí has tenido doce novios.

—A los doce los sigo queriendo —dijo la tía Clemencia desamarrándose el delantal que llevaba sobre el vestido.

—¿Cómo? —dijo el pobre hombre.

—Con todo el escalofrío de mi corazón —contestó la tía Clemencia, acercándose a su ex novio hasta que lo sintió temblar como ella sabía que temblaba.

—Vamos —dijo después, tomándolo del brazo para salir a la calle. Entonces él dejó de temblar y la llevó de prisa a la tienda que acababa de comprarse.

—Apaga la luz —pidió ella cuando entraron a la bodega y el olor del orégano envolvió su cabeza. Él extendió un brazo hacia atrás y en la oscuridad reanduvo los veinte años de ausencia que dejaron de pesarle en el cuerpo.

Dos horas después, escarmenando el orégano en los rizos oscuros de la tía Clemencia, le pidió de nuevo:

—Cásate conmigo.

La tía Clemencia lo besó despacio y se vistió aprisa.

—¿Adónde vas? —le preguntó él cuando la vio caminar hacia la puerta mientras abría y cerraba una mano diciéndole adiós.

—A la mañana de hoy —dijo la tía, mirando su reloj.

—Pero me quieres —dijo él.

—Sí —contestó la tía Clemencia.

—¿Más que a ninguno de los otros? —preguntó él.

—Igual —dijo la tía.

—Eres una... —empezó a decir él cuando Clemencia lo detuvo:

—Cuidado con lo que dices porque te cobro, y no te alcanza con las treinta panaderías.

Después abrió la puerta y se fue sin oír más.

La mañana siguiente Clemencia Ortega recibió en su casa las escrituras de treinta panaderías y una tienda de abarrotes. Venían en un sobre, junto con una tarjeta que decía: «Eres una terca.»

Fátima Lapuente fue novia de José Limón durante diez años. Desde antes de que él se lo pidiera ella había comprometido su cuerpo lleno de luciérnagas con el hombre que se las había puesto en revuelo.

Todo empezó la noche de una fiesta en el campo. Desde el final de la tarde prendieron una fogata enorme en el centro de la casa. Uno de esos patios que tienen las casas de cuatro lados, para abrir sobre ellos balcones y barandales ávidos de luz y temerosos del campo abierto. Alrededor de la lumbre se fueron sentando los invitados, después de padecer una corrida de toros.

José Limón tenía una guitarra. Empezó cantando la historia del jinete que vaga solo en busca de su amada y nada más eso necesitó la tía Fátima para prendarse de él. Nunca le habían gustado los tipos alegres, así que aquel colmo de penas la fascinó. Estaba sentada enfrente de su voz y lo veía moverse tras la lumbre, brincando: «Toda la vida quisiste, mi bien, con dos barajas jugar», cantó.

«No puedes jugar con una, mi bien, y quieres jugar con dos», coreó Fátima y José dio la vuelta a la fogata para instalarse junto a ella.

La fiesta era en un rancho al que una vez al año estaban invitados todos los amigos de la familia Limón, con todos sus hijos y si era necesario sus padres, a celebrar el cumpleaños del viejo abuelo, que era un hombre de pistola y memoria precisas. Junto con su nieto José, era el único habitante del único rancho que la revolución reciente le dejó a su familia. Ese día el viejo y el nieto arreglaban camas en todos los cuartos y hasta en el establo dormían los más jóvenes, mezclados con los más borrachos.

La comida se ponía en el patio y los invitados comían con los dedos, arrancando la barbacoa de los animales que exhibían su muerte guisada entre pencas de maguey bajo la tierra. También había mole y chiles rellenos, nopales con cebolla, salsas de colores, pulque o curado de piña y apio. Las viejas hermanas Limón pasaban varios días haciendo galletitas de Santa Clara, turrón y dulce de leche, para quitar el sabor del chile y la sal antes de que la tarde, con peleas de gallos y corridas de toros, cayera eufórica y lenta entre sangre, tragos y maldiciones. Esa noche perdían los modales hasta los Caballeros de Colón y en el desbarajuste se llegaba a permitir que las mujeres amanecieran cantando con algún hombre, sin que fuera preciso que se casaran al día siguiente.

Por eso José y Fátima pudieron ir a ver cómo paría una vaca que no respetó la noche de asueto. José y tres peones jalaron al becerro ante el infranqueable horror que Fátima sentía en la garganta. Todavía estaba oscuro cuando salieron del establo rumbo a la casa. Las estrellas se apretujaban en el cielo y ella se acurrucó en el abrazo de ese hombre arisco que la madrugada había convertido en un refugio cálido y persuasivo.

Quién sabe cuál habrá sido su preciso encanto. La tía Fátima nunca pudo explicarlo con claridad, pero supo siempre que lo de sus luciérnagas no tenía remedio y que el vértigo que le provocaban valía la pena de ver cómo sus amigas se casaban una y otra, tenían hijos, cosían y usaban las camas de sus recámaras llenas de encajes y cojines, sólo para intentar alguna vez el juego al que ella y Limón se entregaban, muchas tardes, en el catre desordenado que él tenía en la hacienda.

—José Limón es incansable —le decía su madre todo el día.

—Ya lo sé —contestaba ella todo el día.

La gente decía que era terco y distante, ensimismado, iracundo, egoísta y soberbio. Cuentan también que tenía un cuerpo fuerte y las manos muy grandes, que miraba como quien guarda un secreto y que siendo dueño de fábricas y tiendas se empeñaba en vivir atado a la obligación de cuidar la hacienda, consintiendo las locuras de su abuelo, como si la vida no le ofreciera caminos más cómodos y menos peligrosos.

Entonces los noviazgos eran largos, pero nunca del largo que alcanzó el de la tía Fátima. Después de los primeros dos años, tras la muerte del abuelo que parecía el único pretexto para no deshacerse del rancho y volver a la ciudad en busca de la vida en sosiego y la novia que lo esperaba desde hacía años, todo el mundo empezó a preguntarse y preguntar cuándo era la boda.

Sólo la tía Fátima supo siempre que no había para cuándo. Que Limón era inasible, que no le pondría nunca una casa ni a ella ni a nadie, que tenía otro pleito en la vida, que ni siquiera debía lamentar haberlo querido sin vueltas desde el principio, porque de no ser así no hubiera sido nunca. Con él hacerse del rogar habría sido inútil, quizá la pérdida de todo lo que les pasaba. Porque les pasaban cosas a ellos dos juntos. Cosas que no tenían nada que ver ni con la paz ni con la cordura a la que otros aspiraban, sino con la guerra que hace a unos cuantos solitarios y desasosegados.

Llevaban diez años de escandalizar con su eterno noviazgo, cuando a José Limón lo mataron los agraristas. Al menos eso se dijo en la ciudad. Que habían sido los agraristas y nadie más que los agraristas que lo odiaban porque tenía la hacienda dividida entre los nombres de todos sus parientes.

—No fueron los agraristas —dijo la tía Fátima con firmeza, antes de ir a besar el cadáver que aún nadie había movido del piso. Se hincó junto a él, acariciándolo con una mano y apoyando la otra en la humedad de los ladrillos. Lo alzó sin ayuda de nadie, como si estuviera acostumbrada al peso de aquel cuerpo enorme.

Lo peinó, le cerró los ojos, le acarició mucho rato las mejillas heladas. Pidió a los peones que cavaran un hoyo abajo del fresno, junto a la casa. Mandó comprar un petate para envolver su tesoro, y lo veló como si fuera un indio, rodeado de velas y lágrimas, durante toda la noche.

Al día siguiente caminó frente a los amigos que lo cargaron y lo echaron a la tierra oscura, como si las órdenes de la novia fueran las de una viuda con todos los derechos. Nadie: ni los hermanos, ni los tíos, ni siquiera la madre, pudo intervenir en el orden de tal ceremonia.

Más tarde la tía Fátima escribió en su diario:

«Hoy enterramos el cadáver de José, llorando y llorando, como si su muerte fuera posible. Para mañana sabremos que él nunca ha estado más vivo, y que jamás podrá morirse antes que yo. Porque no alcanzaría la tierra para cubrir la luz de su cuerpo a media tarde, ni el peor viento para acallar su voz hablando bajo. José me pertenece. Me atravesó la vida con su vida y no habrá quien me lo quite de los ojos y el alma. Aunque se pretenda muerto. Nadie puede matar la parte de sí que ha hecho vivir en los otros.»

Nunca se casó. A nadie quiso y a nadie se le ocurrió intentar quererla. A los niños les parecía encantadora y extraña. No tenía hijos, no tomaba partido en los pleitos, nunca la oyeron gritar ni carcajearse. Jamás la vieron llorar ni en la iglesia, ni en los entierros, ni en el teatro, ni en la Navidad. En cambio la oyeron cantar con frecuencia. Durante las tardes de mayo llevaban a los niños a ofrecer flores y la tía Fátima cantaba desde el coro con su voz intensa y triste. Lo que hubiera sido un ritual de medio tono, hecho de niños en fila que le pegan con la flor al de adelante, se convertía con su canto en una ceremonia para privilegiados. Aún ahora, al evocar su voz, las luciérnagas de otros cuerpos se revuelven.

Cuando murió la tía Fátima, cincuenta años más

tarde que José Limón, la enterraron bajo el mismo fresno que a él. La noche del día en que se acostó para morirse escribió en su diario:

«Creo que el amor, como la eternidad, es una ambición. Una hermosa ambición de los humanos.»

Un día el marido de la tía Magdalena le abrió la puerta a un propio que llevaba una carta dirigida a ella. Nunca habían tenido secretos y era tal la simbiosis de aquel matrimonio que ahí las cartas las abría uno aunque fueran dirigidas al otro. Nadie consideraba eso violación de la intimidad, menos aún falta de educación. Así que al recibir aquel sobre tan blanco, tan planchado, con el nombre de su mujer escrito por una letra contundente, lo abrió. El mensaje decía:

Magdalena:
Como siempre que hablamos del tema terminas llorando y te confundes en la locura de que nos quieres a los dos con la misma intensidad, he decidido no volver a verte. No creo imposible deshacerme de mi deseo por ti, alguna vez hay que despertar de los sueños. Estoy seguro de que tú no tendrás grandes problemas olvidándome. Acabar con este desorden nos hará bien a los dos. Vuelve al deber que elegiste y no llames ni pretendas convencerme de nada. Alejandro.
PD. Tienes razón, fue hermoso.

El marido de la tía Magdalena guardó la carta, le puso pegamento al sobre y lo dejó en la charola del correo junto con el recibo del teléfono y las cuentas del banco. Estaba furioso. La rabia le puso las orejas coloradas y los ojos húmedos. Entró a su despacho para que nadie lo viera, por más que no había nadie en la casa. Su mujer, las nanas y los niños se habían ido al desfile del 5 de mayo para celebrar el recuerdo del día en que los «zacapoaxtlas le restaron prestigio a Napoleón».

Sentado en la silla frente a su escritorio, el hombre respiraba con violencia por la boca. Tenía las manos sobre la frente y los brazos alrededor de la cara. Si algo en la vida él quería y respetaba por encima de todo, eran el cuerpo y la sabiduría de su mujer. ¿Cómo podía alguien atreverse a escribirle de aquel modo? Magdalena era una reina, un tesoro, una diosa. Magdalena era un pan, un árbol, una espada. Era generosa, íntegra, valiente, perfecta. Y si ella alguna vez le había dicho a alguien te quiero, ese alguien debió postrarse a sus pies. ¿Cómo era posible que la hiciera llorar?

Bebió un whisky y luego dos. Pegó contra el suelo con un palo de golf hasta desbaratarlo. Se metió veinte minutos bajo la regadera y al salir puso en el tocadiscos al Beethoven más desesperado y cuando su mujer y los niños entraron en la casa, dos horas después, estaba disimuladamente tranquilo.

Se habían asoleado, todos tenían las cabezas un poco desordenadas y las mejillas hirviendo. La tía Magdalena se quitó el sombrero y fue a sentarse junto a su marido.

—¿Te sirvo otro whisky? —dijo tras besarlo como a un hermano.

—Ya no, porque vamos a comer en casa de los Cobián y no me quiero emborrachar.

—¿Vamos a comer en casa de los Cobián? Nunca me dijiste.

—Te digo ahorita.

—«Te digo ahorita.» Siempre me haces lo mismo.

—Y nunca te enojas, eres una esposa perfecta.

—Nunca me enojo, pero no soy una esposa perfecta.

—Sí eres una esposa perfecta. Y sí tráeme otro whisky.

La tía caminó hasta la botella y los hielos, sirvió el whisky, lo movió, quiso uno para ella. Cuando lo tuvo listo, volvió junto a su marido con un vaso en cada mano. De verdad era linda Magdalena. Era de esas mujeres bonitas que no necesitan nada para serlo más que levantarse en las mañanas y acostarse en las noches. De remate, la tía Magdalena se acostaba a otras horas llena de pasión y culpa, lo que en los últimos tiempos le había dado una firmeza de caminado y un temblor en los labios con los que su tipo de ángel ganó justo la pizca de maldad necesaria para parecer divina. Fue a sentarse a los pies de su marido y le contó los ires y devenires del desfile. Le dio la lista completa de quienes estaban en los palcos de la casa del círculo español. Después le dibujó en un papelito un nuevo diseño para vajilla de talavera que podría hacerse en la fábrica. Hablaron largo rato de los problemas que estaban dando los acaparadores de frijol en el mercado La Victoria. Durante todo ese tiempo, la tía Magdalena se sintió observada por su marido de una manera nueva. Mientras hablaba, muchas veces la interrumpió para acariciarle la frente o las mejillas, como si quisiera detenerle cada gesto de júbilo.

—Me estás mirando raro —le dijo ella una vez.

—Te estoy mirando —contestó él.

—Raro —volvió a decir la tía.

—Raro —asintió él y continuó la conversación. ¿Cómo había alguien en el mundo capaz de permitirse perder a esa mujer? Debía estar loco. Empezó a enfurecerse de nuevo contra quien mandó esa carta y de paso contra él, que no la había escondido siquiera hasta el día siguiente. Así su mujer la encontraría durante la mañana, cuando ni él ni los niños estorbaran su tristeza. Entonces se levantó del sillón alegando que ya era tarde y mientras la tía Magdalena iba a pintarse los labios, él caminó al recibidor y quitó la carta de la charola del correo. La mesa sobre la que estaba era una antigüedad que había pertenecido a la bisabuela de la tía Magdalena. Tenía un cajón en medio al que la polilla se colaba con frecuencia. Ahí metió la carta y respiró, feliz de postergarle el problema a su mujer. Gracias a eso pasaron una comida apacible y risueña.

El lunes, antes de irse a la fábrica, puso la carta encima de todas las demás.

La tía Magdalena había amanecido radiante.

—Debe ser porque nos vamos —pensó el marido.

Y en efecto, a la tía Magdalena le gustaban los días hábiles. Quién sabe a qué horas ni cómo se encontraba con el torpe aquel, pero de seguro era en los días hábiles. Cuando se despidieron, él dijo como de costumbre: «Estoy en la fábrica por si algo necesitas», y la besó en la cabeza. Entonces ella dio el último trago a su café y mordió la rebanada de pan con mantequilla del que siempre dejaba un pedacito, atendiendo a quién sabe qué disciplina dietética. Luego se levantó y fue en busca del correo.

Entonces dio con la carta. Se la llevó al baño de junto a su recámara que todavía era un caos de toallas húmedas y piyamas recién arrancadas. Sentada en el suelo, la abrió. No le bastaron las toallas para secarse la cantidad de lágrimas que derramó. Se tuvo lástima durante tanto rato y con tal brío que si la cocinera no la saca del precipicio para preguntarle qué hacer de comida hubiera podido convertirse en charco. Contestó que hicieran sopa de hongos, carne fría, ensalada, papas fritas y pastel de queso, sin dudar ni desdecirse y a una velocidad tal que la cocinera no le creyó. Siempre pasaban horas confeccionando el menú y ella había contagiado a la muchacha de sus manías:

—La sopa es café y la carne también —dijo la cocinera segura de que habría un cambio.

—No importa —le contestó la tía Magdalena, aún poseída por un dolor de velorio.

Su marido regresó temprano del trabajo, como cuando estaban recién casados y a ella le daba catarro. Llegó buscándola, seguro de que la pena la tendría postrada fingiendo algún mal. La encontró sentada en el jardín, esperando su turno para brincar la reata en un concurso al que sus dos hijas y una prima le concedían rango de olímpico. Estaba contando los brincos de su hija que iba en el ciento tres. Las otras dos niñas tenían la reata una de cada punta y la movían mientras contaban, perfectamente acopladas.

—Juego de mujeres —dijo el marido, que nunca le había encontrado chiste a brincar la reata.

La tía Magdalena se levantó a besarlo. Él puso el brazo sobre sus hombros y la oyó seguir contando los brincos de la niña:

—Ciento doce, ciento trece, ciento catorce, ciento quince, ciento dieciséis... ¡Pisaste! —gritó riéndose—. Me toca.

Se separó de su marido y voló al centro de la cuerda. Le brillaban los ojos, tenía los labios embravecidos y las mejillas más rojas que nunca. Empezó a brincar en silencio, con la boca apretada y los brazos en vilo, oyendo sólo la voz de las niñas que contaban en coro. Cuando llegó al cien, su voz empezó a salir como un murmullo en el que se apoyaba para seguir brincando. El marido se unió al coro cuando vio a la tía Magdalena llegar al ciento diecisiete sin haber pisado la cuerda. Acunada por aquel canto la tía brincó cada vez más rápido. Pasó por el doscientos como una exhalación y siguió brinca y brinca hasta llegar al setecientos cinco.

—¡Gané! —gritó entonces—. ¡Gané! —y se dejó caer al suelo alzándose un segundo después con el brío de una llama—. ¡Gané! ¡Gané! —gritó corriendo hasta donde estaba su marido.

—Afortunada en el juego, desafortunada en el amor —dijo él.

—Afortunada en todo —contestó ella jadeante—. ¿O me vas a salir tú también con que ya no me quieres?

—¿Yo también? —dijo el marido.

—Esposo, eres un violador de correspondencia y usaste un pésimo pegamento para disimularlo —dijo la tía Magdalena.

—En cambio tú disimulas bien. ¿No estás muy triste?

—Algo —dijo la tía Magdalena.

—¿Si yo me fuera podrías brincar la reata? —preguntó él.

—Creo que no —dijo la tía Magdalena.

—Entonces me quedo —contestó el marido, recuperando su alma. Y se quedó.

Junto a casa de la tía Cecilia se murió una viejita. La tía vio salir su caja de aquel caserón de piedra tan parecido al de ella, y la recordó conversando con sus gatos y podrida en mugre como había vivido los últimos años. Se rascaba la cabeza que alguna vez peinó unos rizos claros, aún brillantes en los retratos sepia de la sala.

Iba y venía por su casa, en la que se apretujaban los tibores chinos y los cristales de bacará, las pinturas virreinales, los santos lacerados, las lámparas de cristales azules, los candiles franceses, las sillitas doradas y los sillones de asientos tiesos y brazos angostos, las vitrinas hartas de porcelanas, las mil carpetitas tejidas por su aburrida juventud, las alfombras persas, las chinas, las camas de latón con sus colchones de plumas oliendo a polvo de tres generaciones, los roperos de madera labrada, las cómodas de Bull y las mesas de incrustaciones, las sillas de mimbre austríaco y el corredor con sus vitrales, la gran colección de relojes acomodada en la sala para marcar el tiempo con campanas de todos los tiempos.

Ahí, frente a los relojes, pasaba muchas horas. Ahí la encontraba la tía Cecilia con más frecuencia que en ningún otro sitio, y ahí se quedaba a platicar con ella de las cosas que le iban pasando por la cabeza y que la hacían la colección de historias más atractiva que la tía Cecilia había oído en su vida. Eran historias que muchas veces no tenían fin, que empezaban narrando el espantoso trato que le daba la cocinera a su servicio y terminaban describiendo la hermosura del emperador Maximiliano o la idiotez de un novio que llamó vejestorio a una pintura de *Adán y Eva*, colgada entre los cuadros de la antesala para disimular su condición de tesoro del siglo XVI, quizá uno de los primeros cuadros que se pintaron en la Nueva España.

Eran historias que hablaban de cosas que ella no había oído jamás entre los sanos miembros de su familia. A la tía le gustaba oír una que ponía a la viejita roja de furia: la del hermano descarriado que se metió con una piruja con la que engendró tres hijas a las que ella no había visto ni quería ver jamás.

Hablaba la viejita de su hermano alto, muy guapo, que cometió la barbaridad de meterse con una de la calle a la que por supuesto no llevó a su casa. El hermano había muerto arrepentido de su perdición y preso de los espantosos dolores con que Dios apenas lo castigó por su descarrío.

Ella no hubiera permitido jamás que una mala pasión la perturbara. Las malas pasiones se quitan con agua fría, con un cordón apretado a las piernas durante la misa de madrugada y en el mejor de los casos —reía la vieja con sus dos dientes— con una sopa de pescado y un vaso de ostiones frescos antes del desayuno:

—Queda una asqueada de todo.

La mamá de la tía Cecilia consideraba que la viejita era un olvido del diablo sobre la tierra y le tenía prohibidas las visitas a su casa. Alguna vez la tía Cecilia trató de convencerla describiéndole lo abandonada y purulenta que estaba, pero no suscitó en su madre ni un ápice de compasión.

—Apenas lo que se merece —dijo sólo su madre, mujer piadosa y caritativa como pocas.

De todos modos, la tía Cecilia aprovechaba cualquier oportunidad para escaparse a casa de la viejita y recorrerla, metiendo la nariz bajo las camas, tratando de saber qué habría guardado en los roperos para que valiera la pena sentarse a cuidarlos tanto. Nunca pudo saberlo, pero la viejita vivía para ese cuidado. De tanta mugre, tanta pena y tantas cosas se murió por fin a los 97 años.

Por una puerta salieron sus polvorientos huesos y por la misma entraron las hijas del hermano con sus maridos, sus hijos y sus nietos, a sacar todo para venderlo en veinticuatro horas a los anticuarios de todas partes.

—La culpa la tuvo ella —dijo la mamá de la tía Cecilia y enumeró los pecados de alguien por primera vez en su vida—: Por amedrentar al hermano. Por enloquecer a la hermana. Por guardar y guardar y guardar, como si pudiera uno llevarse los jarrones puestos al purgatorio.

—No, mamá —dijo la tía Cecilia, recordando la única vez que vio llorar a la viejita—: La culpa la tuvo el tipo que no supo reconocer una pintura del siglo XVI.

Con el paso de los años y el cambio de los tiempos, la tía Cecilia, hija única, se casó con un hombre conversador y generoso que resultó un desastre para los negocios y un genio para la fertilidad, de modo que en menos de una década le hizo a la tía seis hijos y le gastó su herencia. Cuando ya no les quedaba sino la casa de Reforma, se mudaron a las afueras y la tía Cecilia abrió una tienda de antigüedades. Empezó vendiendo las de su familia al montón de nuevos ricos en busca de abolengo que asolaban la ciudad, y terminó con una cadena de bazares por toda la república.

Cuando se puso a comprar cosas para abrir la sucursal de San Francisco, en California, llegó a su tienda de Reforma una adolescente de rizos claros que llevaba en la cajuela de su coche una colección de relojes antiguos, un candil de vidrios azules, un marco con la figura sepia de una mujer, y el *Adán y Eva* del siglo XVI.

La tía la vio llegar y sintió que tenía los cuarenta años más viejos de la tierra.

—¿Cuánto nos da por estas chácharas? —preguntó el muchacho, que llevaba a la adolescente de la cintura y la besaba de vez en cuando.

—¿De dónde sacaste las «chácharas»? —preguntó la tía Cecilia, dirigiéndose a la muchacha.

—Estaban en la casa de mi abuela —dijo la muchacha—. Creo que fueron de una tía maniática. No sé. Oí hablar de ella poco y mal. Por eso las quiero vender, no tiran buenas vibras.

—Pero se pagan bien, ¿verdad? —preguntó el muchacho.

—Sí, se pagan bien —contestó la tía Cecilia.

—¿Debería guardarlas? —preguntó la muchacha, con un asomo de indecisión.

—No, hija —dijo la tía Cecilia y quiso decirle, pero sólo pensó: «Más vale mal acompañada que sola.»

Porque evocó la imagen de la viejita, entre cuadros y gatos, sucia y desmemoriada, prometiéndole a ella, con la avidez de un limosnero: «Si regresas mañana, te regalo el relojito azul.»

El brillante relojito azul que ahora tenía en sus manos.

Era tan precavida la tía Mari que dejó comprado el baúl de olinalá en el que deberían poner sus cenizas. Y ahí estaba, en mitad del salón hasta donde todos los que la quisieron habían llegado para pensar en ella.

Tía Mari tuvo una amiga de su corazón. Una amiga con la que hablaba de sus pesares y sus dichas, con la que tenía en común varios secretos y un montón de recuerdos, una amiga que estuvo sentada junto al cofrecito sin hablar con nadie durante todo el día y toda la noche que duró el velorio. Al amanecer se levantó despacio y fue hasta él. Cuando estuvo cerca, sacó de su bolsa un frasco y una cuchara, alzó la tapa de madera perfumada y con la cuchara tomó dos tantos de cenizas y los puso en el frasquito. Hizo todo con tal sigilo que quienes estaban en la sala imaginaron que se había acercado para rezar.

Sólo fue descubierta por un par de ojos, a su dueña le rindió cuentas tras verlos brincar de sorpresa:

—No te asustes —le dijo—. Ella me dio permiso. Sabía que me hará bien tener un poco de su aroma en la caja donde están las cenizas de los demás. Siempre que puedo me llevo un poco de los seres a los que seguiré queriendo después de muerta, y lo mezclo con los anteriores. Ella me regaló la caja de marquetería donde los guardo a todos. Cuando yo me muera, me pondrán ahí adentro y me confundiré con ellos. Después, que nos entierren o nos echen a volar, pero juntos.

A los ciento tres años, Rebeca Paz y Puente no había tenido en su vida más enfermedad que aquella que desde un principio pareció la última.

Le quedaban vivos cinco hijos de los trece que parió entre los diecisiete y los treinta años. Había enterrado a su marido hacía casi medio siglo, y alrededor de su cama iban y venían setenta y dos nietos. Llevaba seis meses tan grave que cada noche se decía imposible que llegara a la mañana, cada mañana que moriría como a las cuatro de la tarde y cada tarde que sería un milagro si alcanzaba la medianoche. De la frondosa y sonriente vieja que llegó a ser, ya no quedaba sino el pálido forro de un esqueleto. Había sido bella, como ninguna mujer de la época juarista, pero de eso ya no había nadie que se acordara, porque todos sus contemporáneos murieron antes de la revolución contra Porfirio Díaz. Así que el perfume de su cuerpo liberal, sólo ella lo recordaba: todos los días, y con el mismo brío que durante el sitio a la ciudad la sacó de su casa a disparar una pistola de la noche a la mañana y hasta la rendición.

Respiraba diez veces por minuto y parecía haberse ido hacía semanas. Sin embargo, una fuerza la mantenía viva, huyendo de la muerte como de algo mucho peor.

A ratos los hijos le hablaban al oído, buscando su empequeñecida cabeza en medio de una melena blanca cada día más abundante.

—¿Por qué no descansas, mamá? —le preguntaban, exhaustos y compadecidos.

—¿Qué quieres? ¿Qué esperas aún?

No contestaba. Ponía la mirada en los vidrios de colores que formaban el emplomado de un balcón frente a su cama y sonreía como si temiera lastimar con sus palabras.

Entre los nietos había una mujer que todas las tardes se sentaba junto a ella y le platicaba sus penas, como quien se las platica a sí misma.

—Ya no me oyes, abuela. Mejor, para oír amarguras haces bien de estar sorda. ¿O sí me oyes? A veces estoy segura de que me oyes. ¿Ya te dije que se fue? Ya te lo dije. Pero para mí, como si aún estuviera porque lo ando cargando. ¿Es verdad que tú perdiste un amor en la guerra? Eso me hubiera gustado a mí, que me lo mataran antes de que a él le diera por matarme. En lugar de este odio tendría el orgullo de haber vivido con un héroe. Porque tu amor fue un héroe, ¿verdad? Abuela, ¿cómo le hiciste para vivir tanto tiempo después de perderlo? ¿Por qué sigues viva aunque te mataron a tu hombre, aunque mi abuelo te haya regresado a golpes del lugar en que se desangró? Te habían casado a la fuerza con mi abuelo, ¿verdad? Cómo no me atreví a preguntártelo antes, a ti tan elocuente, tan hermosa. Ahora ya de qué sirve, ahora no sabré nunca si fueron ciertos los chismes que se cuentan de ti, si de veras abandonaste a toda tu familia para seguir a un general juarista. Si lo mató un francés o si lo mató tu marido un poco antes de que terminara el sitio.

La abuela no respondía. Se concentraba en respirar y respiraba entre suspiros largos y desordenados. Dos veces había estado el señor obispo a confesarla y cuatro a darle la extremaunción, hasta que de tanto verla agonizar, sus descendientes se acostumbraron a vivir con ella muriéndose.

—Está mejorando —decía su nieta. A ella le daba pánico que su abuela se muriera, se quedaría sin confidente y cuando falta el amor la única cura son las confidencias.

—Ay, abuela —le dijo una tarde—. Tengo el cuerpo seco: secos los ojos, la boca, la entrepierna. Así como ando, mejor querría morirme.

—Tonta —dijo la vieja, interrumpiendo un año de silencio—. No sabes de qué hablas. —Su voz se oyó como estremecida por otro mundo.

—¿Tú conoces la muerte, abuela? Tú la conoces, ¿verdad?

Por toda respuesta doña Rebeca se perdió entre soplidos y respiraciones turbias.

—¿Por qué peleas, abuela? ¿Por qué no te has muerto? ¿Quieres tu relicario? ¿Quieres cambiar la herencia? ¿Qué pendiente tienes?

La vieja movió una de sus manos para pedirle que se acercara y la nieta acercó un oído a su boca trastabillante.

—¿Qué te pasa? —le preguntó, acariciándola. Ella se dejó estar así por un rato, sintiendo la mano de su nieta ir y venir por su cabeza, su mejilla, sus hombros.

Por fin dijo con su voz en trozos:

—No quiero que me entierren con el hombre.

Media hora después los hijos de doña Rebeca Paz y Puente le prometieron enterrarla a sus anchas, en una tumba para ella sola.

—Me voy con una deuda —le dijo a la nieta, antes de morirse por última vez.

Al día siguiente su influencia celestial hizo volver al esposo perdido de la nieta. El hombre entró a su casa con un desfile de rosas, una letanía de perdones, juramentos de amor eterno, elegías y ruegos.

Todas las lenguas le habían dicho que su mujer era un guiñapo, que las ojeras le tocaban la boca y que los pechos se le habían consumido en lágrimas, que de tanto llorar tenía ojos de pescado y de tanto sufrir estaba flaca como perro de vecindad. Encontró a una mujer delgada y luminosa como una vela, con los ojos más tristes pero más vivos que nunca, con la sonrisa como un sortilegio y el aplomo de una reina para caminar hacia él, mirarlo como si no tuviera cuatro hijos suyos y decirle:

—¿Quién te llamó a un funeral? Saca tus flores y vete. Yo no quiero que me entierren contigo.

Al marido de Laura Guzmán le gustaba que su recámara diera a la calle. Era un hombre de costumbres cuidadosas y horarios pertinentes que se dormía poco después de las nueve y se levantaba poco antes de las seis. Nada más era poner la cabeza sobre la almohada y trasladar su inconsciente a un sitio en el que permanecía mudo durante toda la noche, porque si de algo se jactaba aquel hombre era de no cansar su ocupada mollera con el desenfreno de los sueños. Jamás en su vida había soñado, y tenía la certidumbre de que jamás pasaría por su vida tan insana sorpresa. Despertaba un poco antes de las seis y se volvía hacia el despertador suizo que todas las noches colocaba con precisión:

—Te gané otra vez —le decía, orgulloso del mecanismo interior que su madre le había instalado en el cuerpo. Entonces se oía el silbato del tipo que entregaba el periódico, la escoba del hombre que barría la banqueta, la primera conversación de dos obreros rumbo a la fábrica de Mayorazgo, el chisme de unas comadres que iban por las tortillas, los gritos con que la vecina de enfrente despedía a sus hijos rumbo a la escuela y el paso de los primeros automóviles. Todo eso despertaba a Laura Guzmán de su reciente agonía y sin remedio iba lastimando todos los sueños que le hacían falta antes de las once de la mañana.

Al contrario de su marido, ella era una desvelada de oficio. Le gustaba darse quehaceres cuando la casa por fin estaba quieta, ir y venir del sótano a la cocina, de la cocina al costurero y de ahí a la despensa en donde todas las noches escribía un diario minucioso de lo que le iba pasando por la vida. Había llevado una serie de cuadernos que guardaba junto a los libros de cocina al terminar el rito de cada jornada. Luego se le podía ocurrir cortarse las uñas, cepillarse el pelo, oír bajito un disco de cuplés que su marido tenía prohibido tocar entre las paredes de su casa, revisar que cada niño estuviera bien tapado y en su cama, sentarse a inspeccionar que no pasaran ratones de la cocina al comedor, salir al patio a bañarse con la luna, rumiar acurrucada en su sillón junto al gato. El caso era irse a la cama tarde, nunca antes de las tres de la mañana, hurgar al máximo en el tiempo de soledad que le regalaría la noche. Por supuesto, a las seis de la mañana era un guiñapo al que le faltaban casi cuatro horas de sueño para convertirse en esposa. Pero a las siete era imposible seguir durmiendo y entonces ella juraba por todas las biblias que ya siempre se dormiría antes de las nueve y metía la cabeza bajo la almohada intentando reconstruirse mientras contaba hasta sesenta.

Sin embargo, ni siquiera ese minuto era de paz. Afuera la guerra había empezado desde las cinco de la mañana y no existía Dios capaz de pararla. Muchas veces ella la había seguido desde su primer ruido. Una o dos horas después de acostarse despertaba con el susto de algún sueño no escrito el día anterior, y no volvía a dormirse sino hasta pasado el mediodía, hecha un tres bajo el sol de su refugio en la azotea. En la recámara, jamás. La recámara parecía un mercado durante todo el día, todo el que pasaba por la calle pasaba encima de su cama, lo que fuera: coche, perro, niño, vendedor o borracho se oía sobre la almohada como un pregón. Y eso sólo lo sabía ella, porque sólo ella había perdido tiempo intentando dormir en ese cuarto durante el día.

En la suma de todos esos tiempos aprendió el vocabulario alterno que no le habían enseñado ni en su casa ni en la escuela, que no usaban ni su marido, ni sus padres, ni sus amigas, ni cualquiera de las personas con las que vivía. Un vocabulario que ella aprendió a utilizar de modo tan correcto, que le daba a las noches con sus cuadernos un tono audaz y redentor.

En ese lenguaje los tontos se llamaban pendejos y sólo por eso eran más tontos, lo mismo que eran más malos los cabrones y más de todo los hijos de la chingada. No era sólo de palabras aquel lenguaje, también estaba hecho de tonos. Ella vivía en un mundo en que los peores agravios se decían con suavidad y por lo mismo parecían menos dichos. En cambio en la calle, cualquier cosa podía sonar procaz, hasta el nombre de aquel a quien no debía mencionarse en vano. Laura tenía sobre los tímpanos el agudo grito de un borracho en la madrugada que no podía olvidar: «Aay Dioooss Míío.» La voz de aquel hombre se le metió entre sueño y sueño como la más ardiente pesadilla. Era una voz chillona, desesperada y furibunda. La voz de un infeliz harto de serlo que cuando llama a Dios lo insulta, lo maldice, le reclama. A la tía Laura le daba miedo aquel recuerdo: miedo y éxtasis. «Ay Dioooos Míío.» Sonaba en su cabeza y sentía vergüenza, porque aquel sonido le producía un placer inaudito.

—Soy horrenda —decía en voz alta y se llenaba de quehaceres ruidosos.

¿Por qué vivía ella con aquel marido hecho de tedio y disciplina? Quién sabe. Ella no lo sabía y según sus reflexiones nocturnas, ya tampoco tenía mucho caso que lo investigara. Iba a quedarse ahí, con él, porque así lo había prometido en la iglesia, porque tenía devoción por sus hijos, y porque así tenía que ser. Ella no era Juana de Arco, ni tenía ganas de que la quemaran viva. Después de todo, sólo en sueños conocía un mejor sitio que su casa. Y su casa sólo era su casa porque se la prestaba el señor con el que dormía.

De entre los variados problemas que le daba aquel matrimonio de conveniencia, uno de los peores era recibir elogios en público. Su marido era experto en eso.

Podía pasar semanas lejos, visitando negocios o mujeres más ordenadas, podía vivir en su casa un día tras otro sin hablar mayor cosa, mudo de la cama al comedor y del comedor a la oficina.

Presidía meditabundo la comida mientras sus hijos se codeaban para pedirse la sal sin hacer ruido, luego se iba a jugar cubilete al Círculo Español y de ahí volvía a poner el despertador y meterse a la cama entresacando de su mutismo un arrastrado buenas noches. Días idénticos podía pasar sin fijarse ni de qué color estaba vestida su mujer. Pero no fuera a haber una cena de esas que los hombres acuerdan «con señoras», porque entonces la miraba cuidadoso desde que ella con toda su lentitud cepillaba su pelo imaginando un buen peinado. La veía meterse en un fondo de encajes, recorrer el armario buscando vestido, meterse en las medias que él compraba como tributo por sus estancias en la capital, poner chapas en sus mejillas y pintarse los labios de rojo y las pestañas de azul. La miraba crecer con los tacones de razo oscuro y buscarse los hoyitos de los oídos para entrar en los aretes que él sacaba de la caja fuerte. Luego, terminada la faena del arreglo, ella lo oía:

—No pude elegir mejor, eres perfecta.

Le cubría los hombros con el abrigo y la tomaba del brazo hasta subir al coche.

Durante el camino iba diciéndole lo mucho que la quería, sus ganas de viajar con ella por Italia, los problemas enormes que daban las fortunas, lo agradable que le resultaba su compañía esa noche. Aquello era nada más el principio, y la tía ya estaba casi acostumbrada a sobrellevarlo con paciencia. Lo difícil venía luego: ser liberal con los liberales y conservador con los conservadores, anticomunista frente a don Jaime Villar y proyanqui en casa de los Adame. Apacible en casa de los Pérez Rivero, y activa en casa de los Uriarte. En cualquier caso, su marido declamaba sus virtudes en público y según las preferencias de la dueña del hogar ella era excelente lectora y pianista sensible, o gran re-

postera, madre sacrificada, esposa de suaves y aristo-
cráticas costumbres.

Su marido sabía siempre cuál de sus cualidades
exaltar frente a quién. No era difícil. La ciudad estaba
dominada por un aliento conservador y perezoso y la
gente que nacía en un bando casi nunca se enteraba de
lo que pasaba en el otro. Hubiera sido imposible que en
algunas casas se aceptara el invento de la educación lai-
ca, lo mismo que se consideraría una locura la idea de
hablar mal del general Calles en algunas otras.

Una noche cenaron en casa de los Rodríguez para
conocer a unas personas de la Mitra con las que el marido de la tía Laura tenía planeado hacer varios negocios.

La pareja Rodríguez gozaba de gran prestigio entre el señor arzobispo, el señor obispo, el Prelado Doméstico de su Santidad y todos los demás inversio-
nistas místicos reunidos ahí. Asistían a misa diaria en
catedral con toda su familia, tenían trece hijos y estaban dispuestos a seguir teniendo todos los que Dios
en su infinita misericordia quisiera enviar a la fervo-
rosa matriz de la señora Rodríguez, quien además de
ser una tenaz creyente era una madre ejemplar que
vivía con la sonrisa como una flor, en medio de pa-
ñales, desveladas y jaculatorias.

A pesar del agobio de tanto nuevo cristiano, había
preparado una cena opulenta para los cristianos mayores, se esmeraba en besar debidamente los anillos enca-
ramados en las manos de los representantes de la Santa Madre y era de una suavidad que rayaba en la idiotez
o, como pensó la tía, de una idiotez disfrazada de suavidad, muy propia de su especie.

La tía Laura sobrellevó con heroísmo la conversación sobre la santidad de su Santidad el Papa, y las explicaciones teológicas que hacían plausible la venta de
unos terrenos y la compra de otros que figurarían
como patrimonio de su marido para que el gobierno,
que era tan perverso, no se los fuera a quitar a la Igle-

sia. La Iglesia no podía tener nada que no le quisiera quitar el gobierno. Por aquel favor, que más que eso debía considerarse una obra pía, la Iglesia le proporcionaba al marido una bendición papal, tres rosarios de pétalo de rosa, una astilla de la cruz de Jesucristo, un clavo tocado en los clavos sagrados y 500 metros de los veinte mil que quedarían a su nombre.

El cónyuge de la tía estaba tan encantado con aquel negocio, que esa noche exageró las virtudes de su mujer. Con gran paciencia ella escuchó el recuento de sus cualidades cristianas y en algunos momentos hasta le resultó agradable saber que su marido se daba cuenta de lo generosa que ella era en el trato con los demás, de la devoción infinita con que acudía a la misa obligatoria y del tiempo que dedicaba a las obras de caridad. Pero lo que en la sopa y la carne fue la descripción de alguien más o menos parecido a la tía Laura, al llegar al postre de fresas y crema era el dibujo de una mojigata insufrible. Según su marido, ella iba a misa dos veces diarias, rezaba un rosario a las cinco de la mañana y otro a las seis de la tarde, enseñaba catecismo, asistía a cien niños pobres, visitaba un hospital y un manicomio, se había convertido en la luz de un asilo de ancianos y tenía una devoción de tal magnitud por el Beato Sebastián de Aparicio que a veces el Beato la visitaba en las noches, cuando todos los demás dormían. De esto último el marido se daba cuenta porque la cocina se iluminaba con el brillo celestial de una aureola y desde su recámara podía oír la voz del santo bendiciendo a su esposa.

Para esas horas, los cognacs se habían apoderado de las devotas gargantas de los obispos y todos estaban dispuestos a deslumbrarse con la discreta piedad de la tía Laura. Entonces ella, que había decidido soportar hasta el fin esa tortura, se refugió en el postre como en el único escondite posible. Pero, para su desgracia, la ocupada maternidad de la anfitriona le había impedido darse cuenta de que la crema estaba rancia y un sabor a pocilga se desprendía de aquel postre bajo el cual la tía no pudo esconderse.

—¡Ay Dios míooo! —gritó la tía Laura escupiendo las fresas, aventando la cuchara, llenando el aire con el furor y el éxtasis que aquel grito le producía.

Doña Sara Rodríguez cayó de rodillas con los ojos llorosos:

—Perdónala, Señor —dijo transida.

—No tiene nada que perdonarme —aclaró la tía Laura, quien ya con la boca desatada se siguió de frente con el vocabulario callejero que había tenido trabándole la lengua toda la noche.

Sin detenerse ni a respirar acribilló la lista de sus atributos piadosos y calificó a su marido, a los Rodríguez y a los obispos con todos y cada uno de los memorables adjetivos que había colocado en el centro de sus entrañas el impío balcón de su recámara. Luego salió corriendo hasta su casa y se acostó a dormir en aquel cuarto lleno de improperios y bulla sin levantar la cabeza en diez horas de olvido.

El único negocio que la Mitra aceptó hacer con su desconcertado cónyuge fue el costoso trámite de su anulación matrimonial.

Tía Pilar y tía Marta se encontraron una tarde varios años, hijos y hombres después de terminar la escuela primaria. Y se pusieron a conversar como si el día anterior les hubieran dado el último diploma de niñas aplicadas.

La misma gente les había transmitido las mismas manías, el mismo valor, los mismos miedos. Cada una a su modo había hecho con todo eso algo distinto. Los dos de sólo verse descubrieron el tamaño de su valor y la calidad de sus manías, dieron todo eso por sabido y entraron a contarse lo que habían hecho con sus miedos.

La tía Pilar tenía los mismos ojos transparentes con que miraba el mundo a los once años, pero la tía Marta encontró en ellos el ímpetu que dura hasta la muerte en la mirada de quienes han pasado por un montón de líos y no se han detenido a llorar una pena sin buscarle remedio.

Pensó que su amiga era preciosa y se lo dijo. Se lo dijo por si no lo había oído suficiente, por las veces en que lo había dudado y porque era cierto. Después se acomodó en el sillón, agradecida porque las mujeres tienen el privilegio de elogiarse sin escandalizar. Le provocaba una ternura del diablo aquella mujer con tres niños y dos maridos que había convertido su cocina en empresa para librarse de los maridos y quedarse con los niños, aquella señora de casi cuarenta años que ella no podía dejar de ver como a una niña de doce: su amiga Pilar Cid.

—¿Todavía operan lagartijas tus hermanos? —preguntó Marta Weber. Se había dedicado a cantar. Tenía una voz irónica y ardiente con la que se hizo de fama en la radio y dolores en la cabeza. Cantar había sido siempre su descanso y su juego. Cuando lo convirtió en trabajo, empezó a dolerle todo.

Se lo contó a su amiga Pilar. Le contó también cuánto quería a un señor y cuánto a otro, cuánto a sus hijos, cuánto a su destino.

Entonces la tía Pilar miró su pelo en desorden, sus ojos como recién asombrados, y le hizo un cariño en la cabeza:

—No tienes idea del bien que me haces. Temí que me abrumaras con el júbilo del poder y la gloria. ¿Te imaginas? Lo aburrido que hubiera sido.

Se abrazaron. Tía Marta sintió el olor de los doce años entre su cuerpo.

Se encontraron en el vestíbulo del Hotel Palace en Madrid. La tía Celia estaba pidiendo las llaves de su cuarto y lo sintió a sus espaldas. Algo había en el aire cuando él lo cortaba y eso no se olvida en quince años.

Oyó su voz como traída por un caracol de mar. Tuvo miedo.

—¿Quién investiga en tus ojos? —dijo rozándole los hombros. Y ella volvió a sentir el escalofrío que a los veinte años la había empujado hacia él. Fue un domingo. La tía Celia estaba sorbiendo una nieve de limón, idéntica a la de las otras mujeres con las que revoloteaba por la plaza haciendo un ruido de pájaros. Él se acercó con el novio de alguna y quedó presentado como Diego Alzina, el primo español que pasaba por México unas semanas. Saludó deslumbrando a cada una con un beso en la mano, pero al llegar a la tía Celia tropezó con su mirada y le dijo: «¿Quién investiga en tus ojos?»

Entonces ella los mantuvo altos y contestó con la voz de lumbre que le había dado la naturaleza:

—Todavía no encuentro quién.

Se hicieron amigos. Iban todos los días a jugar frontón en la casa de los Guzmán y bailaron hasta la madrugada en la boda de Georgina Sánchez con José García el de los Almacenes García. Lo hicieron tan bien que fueron la pareja más comentada de la boda después de los novios, y al día siguiente, la pareja más comentada de la ciudad.

Entonces los españoles eran como diamantes, aun cuando hubieran llegado con una mano atrás y otra en la valija de trapo, a patear un veinte para completar un peso, trabajando contra del mostrador sobre el que dormían. Así que cuando llegó Diego Alzina, que no conforme con ser español era rico y noble, según contaban sus primos, puso a la ciudad en vilo, pendiente de si se iba o se quedaba con alguna de las niñas que aprendían a cecear desde pequeñas para distinguir la calidad de su origen.

La tía Celia empezó a tejer una quimera y Alzina a olvidarse de regresar a España en tres semanas. Estaba muy a gusto con aquella sevillana sin remiendos que por casualidad había nacido entre indios, cosa que la hacía aún más encantadora porque tenía actitudes excéntricas como llorar mientras cantaba y comer con un montón de chiles que mordía entre bocado y bocado. «Gitana» le puso, y se hizo de ella.

Salían a caminar mañanas enteras por el campo que rodeaba la ciudad. La tía Celia lo hacía subir hasta la punta de lomas pelonas que según ella se volverían pirámides con sólo quitarles la costra. La tenía obsesionada un lugar llamado Cacaxtla sobre el que se paraba a imaginar la existencia de una hermosa civilización destruida.

—Devastada por los salvajes, irresponsables y necios de tus antepasados —le dijo a Diego Alzina un mediodía de furia.

—No digas que fueron mis antepasados —contestó Alzina—. Porque yo soy el primer miembro de mi familia que visita este país. Mis antepasados no se han movido nunca de España. *Tus* antepasados, en cambio, Gitana, los tuyos sí eran unos destructores. Andaluces hambrientos que para no morirse entre piedras y olivos vinieron a ver qué rompían por la América.

—Mis antepasados eran indios —dijo la tía Celia.

—¿Indios? —contestó Alzina—. ¿Y de dónde sacaste la nariz de andaluza?

—Tiene razón Diego —dijo Jorge Cubillas, un amigo de la tía Celia que caminaba cerca de ellos—. Nosotros somos españoles. Nunca nos hemos mezclado con indios. Ni es probable que nos mezclemos alguna vez. ¿O te casarías con tu mozo Justino?

—Ése no es un indio, es un borracho —dijo la tía Celia.

—Por indio, chula, por indio es borracho —replicó Cubillas—. Si fuera como nosotros, sería catador de vinos.

—Siempre me has de contradecir. Eres desesperante —le reprochó la tía Celia—. Tú y todos me desesperan cuando salen con su estúpida veneración por España. España es un país, no es la luna. Y los mexicanos somos tan buenos para todo como los españoles.

—Quedemos en que fueron tus antepasados —dijo Alzina—. Pero ¿por qué no coincidimos en que si algo se destruyó es una lástima y me das un beso de buena voluntad para cambiar de tema?

—No quiero cambiar de tema —dijo la tía Celia, tras una risa larga. Luego besó muchas veces al hombre aquel que de tan fino no parecía español sino húngaro.

Jorge Cubillas y los otros invitados al campo pregonaron al día siguiente que la próxima boda sería la de ellos dos.

Entonces la mamá de la tía Celia pensó que por muy español que fuera el muchacho, sería mejor mandar a sus hijas menores como acompañantes, cada vez que Celia paseara con Alzina. No les fue difícil colocar a las niñas en el cine Reforma, con tres bolsas de palomitas cada una y caminar todas las tardes por quién sabe dónde.

—¡Qué bien follan las indias! —dijo él una vez, en la torre del campanario de la iglesia de la Santísima.

Desde entonces encontraron en los campanarios el recoveco que necesitaban a diario. Y caminaron hasta ellos de la mano y besándose en público como lo harían todos los jóvenes cuarenta años después. Pero en esa época, hasta por el último rincón de Puebla empezó a hablarse de los abusos de Alzina y la pirujería de la tía Celia.

Un día Cubillas encontró a la mamá de la tía llorando a su hija como a una muerta, después de recibir a una visita que, con las mejores intenciones y sabiendo que ella era una pobre viuda sin respaldo, tuvo la amabilidad de informarle algunas de las historias que iban y venían por la ciudad arrastrando la reputación y devastando el destino de Celia.

—A la gente le cuesta trabajo soportar la felicidad ajena —le dijo Cubillas para consolarla—. Y si la felicidad viene de lo que parece ser un acuerdo con otro, entonces simplemente no es soportable.

Así estaban las cosas cuando en España estalló una guerra. La célebre república española estaba en peligro, y Alzina no pudo encontrar mejor motivo para escaparse de la dicha que aquella desgracia llamándolo a la guerra como a un entretenimiento menos arduo que el amor.

Se lo dijo a la tía Celia de golpe y sin escándalo, sin esconder el consuelo que sentía al huir de la necesidad que ella le provocaba. Porque el apuro por ella lo estaba volviendo obsesivo y celoso, tanto que contra todo lo que pensaba, se hubiera casado con la tía completa en menos de un mes, para que en menos de seis la rutina lo hubiera convertido en un burócrata doméstico que de tanto guardar una mujer en su cama termina viéndola como si fuera una almohada.

Hacía bien en irse y así se lo dijo a la tía Celia, quien primero lo miró como si estuviera loco y luego tuvo que creerle, como se cree en los temblores durante los minutos de un temblor. Se fue sobre él a mordidas y rasguños, a insultos y patadas, a lágrimas, mocos y súplicas. Pero de todos modos, Diego Alzina logró huir del éxtasis.

Después, nada. Tres años oyó hablar de la famosa guerra, sin que nadie nombrara jamás la intervención de Alzina. A veces lo recordaba bien. Iba despacio por las calles que cada tanto interrumpe una iglesia, y a cada iglesia entraba a rezar un Ave María para revivir la euforia de cada campanario. Se volvió parte de su mala fama el horror que provocaba mirarla, hincada frente al Santísimo, diciendo oraciones extrañas, al mismo tiempo que su cara toda sonreía con una placidez indigna de los místicos.

—Mejor hubiera hecho quedándose —decía la tía Celia—. Nada más fue a salar una causa noble. Quién sabe ni qué habrá sido de él. Seguro lo mataron como a tantos, para nada. Pero la culpa la tengo yo por dejarlo ir vivo. Cómo no le saqué un ojo, cómo no le arranqué el pelo, el patriotismo —decía llorando.

Así pasó el tiempo hasta que llegó a la ciudad un pianista húngaro dueño de unas manos hermosas y un gesto tibio y distraído.

Cuando la tía Celia lo vio entrar al escenario del Teatro Principal, arrastrando la delgadez de su cuerpo infantil, le dijo a su amigo Cubillas:

—Este pobre hombre está como mi alma.

Diez minutos después, la violenta música de Liszt lo había convertido en un gran señor. La tía Celia cerró los treinta y cuatro años de sus ojos y se preguntó si aún habría tiempo para ella. Al terminar el concierto le pidió a Jorge Cubillas que le presentara al hombre aquel. Cubillas era uno de los fundadores de la Sociedad de Conciertos de Puebla. Para decir la verdad, él y Paco Sánchez eran la Sociedad de Conciertos misma. Su amistad con la tía Celia era una más de las extravagancias que todo el mundo encontraba en ellos dos. Tenían distinto sexo y la cabeza les funcionaba parecido, eran tan amigos que nunca lo echaron a perder todo con la ruindad del enamoramiento. Es más, Cubillas se había empeñado en contratar al húngaro que conoció en Europa porque tuvo la certidumbre de que haría un buen marido para Celia.

Y tuvo razón. Se casaron veinte días después de conocerse. La tía Celia no quiso que la boda fuera en Puebla porque no soportaba el olor de sus iglesias. Así que le dio a su madre un último disgusto yéndose de la ciudad con el pianista que apenas conocía de una semana.

—No sufra, señora —le decía Cubillas, acariciándole una mano—. En seis meses estarán de regreso y el último de los ociosos habrá abandonado el deber de preocuparse por la reputación y el destino de Celia. A las mujeres casadas les desaparece el destino. Aunque sólo fuera por eso, estuvo bien casarla.

—Te hubieras casado tú con ella —dijo la madre.

—Yo todo quiero menos pelearme, señora. Celia es la persona que más amo en el mundo.

La tía Celia y el húngaro regresaron al poco tiempo. Pasaron el verano bajo la lluvia y los volcanes de Puebla y luego volvieron al trabajo de recorrer teatros por el mundo. Ni en sus más drásticas fantasías había soñado algo así la tía Celia.

En noviembre llegaron a España, donde los esperaba Cubillas con una lista de los últimos bautizos, velorios y rompimientos que habían agitado a la ciudad en los cuatro meses de ausencia. Fueron a cenar a Casa Lucio y volvieron como a la una de la mañana. A esa hora, el buen húngaro besó a su mujer y le pidió a Cubillas que lo perdonara por no quedarse a escuchar los milagros y la vida de tanto desconocido.

A Jorge y la tía Celia les amaneció en el chisme. Como a las seis de la mañana el pianista vio entrar a su mujer brillante de recuerdos y nostalgias satisfechas.

Al principio se comunicaban en francés, pero los dos sabían que algo profundo del otro desconocerían hasta no hablar su lengua. La tía, que era una memoriosa, aprendió en poco tiempo un montón de palabras y hacía frases y breves discursos mal construidos con los que seducía al húngaro concentrado casi siempre en aprender partituras. Hacían una pareja de maneras suaves y comprensiones vastas. La tía Celia descubrió que había en el mundo una manera distinta de buscarse el aliento:

—Digamos que menos enfática —le confesó a Cubillas cuando cerca de las cuatro de la mañana la conversación llegó por fin a lo único que habían querido preguntarse y decir en toda la noche.

—Ya no lo extraño ni con aquí ni con acá —dijo la tía Celia señalándose primero el corazón de arriba y después el de abajo. Cuando me entere de dónde está enterrado voy a ir a verlo sólo para darle el disgusto de no llorar una lágrima. Tengo la paz, ya no quiero la magia.

—Ay, amiga —dijo Cubillas—. Donde hay rencor hay recuerdo.

—Te vemos felices —dijo el húngaro cuando ella se metió en la cama pegándose a su cuerpo delgado.

—Sí, mi vida, me veo feliz. Estoy muy feliz. Boldog vagyok —dijo, empeñada en traducirse.

Doce horas después, la tía regresaba de hacer compras cargando un montón de paquetes y emociones frívolas, cuando oyó a sus espaldas la voz de Alzina. Decía su padre que el tiempo era una invención de la humanidad: nunca creyó ese aforismo con tantas fuerzas.

—¿Quién investiga en tus ojos? —sintió la voz a sus espaldas.

—No te acerques —dijo ella, sin voltear a mirarlo. Luego soltó los paquetes y corrió, como si la persiguieran a caballo. «Si volteas para atrás te conviertes en estatua de sal», pensó mientras subía por las escaleras al cuarto de Cubillas. Lo despertó en lo más sagrado de su siesta.

—Ahí está —le dijo, temblando—: Ahí está. Sácame de aquí. Llévame a Fátima, a Lourdes, a San Pedro. Sácame de aquí.

Cubillas no le tuvo que preguntar de quién hablaba.

—¿Qué haremos? —dijo tan horrorizado como la tía Celia—. ¿Qué se le ofrece?

—No sé —dijo la tía Celia—. Escapé antes de verlo.

Mientras ellos temblaban, Alzina recogió los bultos tirados por la tía Celia, preguntó el número de su habitación y fue a buscarla.

El húngaro abrió la puerta con su habitual sosiego.

—¿En qué puedo servirle? —preguntó.

—Celia Ocejo —dijo Alzina.

—Es mi esposa —contestó el húngaro.

Sólo entonces Alzina se dio cuenta de que su amor por la Gitana llevaba años en silencio y que era más o menos lógico que ella se hubiera hecho de un marido.

—Me ofrecí a subir sus paquetes. Somos amigos. Lo fuimos.

—Tal vez está con Cubillas. ¿Usted conoce Cubillas? —dijo el húngaro en español—. Es un poblano amigo nuestro que llegó apenas ayer, creo que aún no terminan de chismear —agregó en francés, con la esperanza de ser entendido.

Alzina entendió *Cubillas* y pidió al húngaro que le escribiera el número de su cuarto en un papel. Luego le entregó los paquetes, le sonrió y se fue corriendo.

Tocó en la puerta del cuarto 502 como si adentro hubiera sordos. Cubillas le abrió rezongando.

—¡Qué escándalo! Te vas quince años y quieres regresar en dos minutos —dijo.

Alzina lo abrazó viendo sobre sus hombros a la tía Celia que estaba tras de Cubillas con los ojos cerrados y las manos cubriéndole la cara.

—Vete, Alzina —dijo—. Vete, que si te miro perjudico lo que me queda de vida.

—India tenías que ser —le dijo Alzina. Y con eso bastó para que la tía se fuera sobre él a patadas y rasguños con la misma fiereza que si hubieran dormido juntos durante quince años.

Cubillas escapó. Un griterío de horror salía del cuarto estremeciendo el pasillo. Se dejó caer de espaldas a la puerta y quedó sentado con las piernas encogidas. No entendía gran cosa porque los gritos se encimaban. La voz de la tía Celia a veces era un torbellino de insultos y otras un susurro atropellado por la furia hispánica de Alzina.

Como una hora después, los gritos fueron apagándose hasta que un hálito de paz empezó a salir por debajo de la puerta. Entonces Cubillas consideró una indiscreción quedarse escuchando el silencio y bajó al segundo piso en busca del pianista.

Estaba poniéndose el frac, no encontraba la pechera y se sentía incapaz de hacerse la corbata.

—Esta mujer me ha convertido en un inútil —le dijo a Cubillas—. Tú eres testigo de que yo salía bien vestido a mis conciertos antes de conocerla. Me ha vuelto un inútil. ¿Dónde está?

Cubillas le encontró la pechera y le hizo el moño de la corbata.

—No te preocupes —inventó—. Se fue con Maicha su amiga y con ella no hay tiempo que dure. Si no llegan pronto, nos alcanzan en el concierto.

El pianista oyó la excusa de Cubillas como quien oye una misa en latín. Se peinó sin decir palabra y sin decir palabra pasó todo el camino al concierto. Cubillas se dio la responsabilidad de llenar el silencio. Años después todavía recordaba, avergonzado, la sensación de loro que llegó a embargarlo.

El último Prokofiev salía del piano, cuando Celia Ocejo entró al palco en que estaba Cubillas. Segundos después, todo el teatro aplaudía.

—Mil gracias —le dijo la tía Celia a su amigo—. Nunca voy a tener con qué pagarte.

Desde el escenario los ojos de su marido la descubrieron como a un refugio, ella le aplaudió tanto que lo hizo sentarse a tocar el primer *encore* de su vida.

—Me lo podrías contar todo —dijo Cubillas—. Sería un buen pago.

—Pero no puedo —contestó la tía Celia con la boca encendida por quién sabía qué.

—Cuéntame —insistió Cubillas—, no seas díscola.

—No —dijo la tía levantándose para aplaudir a su marido.

Jamás en 40 años volvieron a tocar el tema. Sólo hasta hace poco, cuando los antropólogos descubrieron las ruinas de una civilización enterrada en el valle de

Cacaxtla, la tía le dijo a su amigo mientras paseaban sobre el pasado:

—Escríbele a Diego Alzina y cuéntale hasta dónde yo tenía razón.

—¿Cuál Diego? —preguntó el húngaro, en perfecto español.

—Un amigo nuestro que ya se murió —contestó Cubillas.

La tía Celia siguió caminando como si no hubiera oído.

—¿Cómo lo supiste? —preguntó después de un rato con la cabeza llena de campanarios.

—Ustedes —dijo el húngaro— se van a morir jaloneándose un chisme.

—No creas —le dijo la tía Celia, en perfecto húngaro—. Yo acabo de perder la guerra.

—¿Qué le dijiste? —le preguntó Cubillas a là tía Celia.

—No te lo puedo decir —contestó ella.

A veces la tía Mónica quería con todas sus ganas no ser ella. Detestaba su pelo y su barriga, su manera de caminar, sus pestañas lacias y su necesidad de otras cosas aparte de la paz escondida en las macetas, del tiempo yéndose con trabajos y tan aprisa que apenas dejaba pasar algo más importante que el bautizo de algún sobrino o el extraño descubrimiento de un sabor nuevo en la cocina.

La tía Mónica hubiera querido ser un globo de esos que los niños dejan ir al cielo, para después llorarlos como si hubieran puesto algún cuidado en no perderlos. La tía Mónica hubiera querido montar a caballo hasta caerse alguna tarde y perder la mitad de la cabeza, hubiera querido viajar por países exóticos o recorrer los pueblos de México con la misma curiosidad de una antropóloga francesa, hubiera querido enamorarse de un lanchero en Acapulco, ser la esposa del primer aviador, la novia de un poeta suicida, la mamá de un cantante de ópera. Hubiera querido tocar el piano como Chopin y que alguien como Chopin la tocara como si fuera un piano.

La tía Mónica quería que en Puebla lloviera como en Tabasco, quería que las noches fueran más largas y más accidentadas, quería meterse al mar de madrugada y beberse los rayos de la luna como si fueran té de manzanilla. Quería dormir una noche en el Palace de Madrid y bañarse sin brasier en la fuente de Trevi o de perdida en la de San Miguel.

Nadie entendió nunca por qué ella no se estaba

quieta más de cinco minutos. Tenía que moverse porque de otro modo se le encimaban las fantasías. Y ella sabía muy bien que se castigan, que desde que las empieza uno a cometer llega el castigo, porque no hay peor castigo que la clara sensación de que uno está soñando con placeres prohibidos.

Por eso ella puso tanto empeño en hacerse de una casa con tres patios, por eso inventó ponerle dos fuentes y convertir la parte de atrás en casa de huéspedes, por eso tenía una máquina de coser en la que pedaleaba hasta que todas sus sobrinas podían estrenar vestidos iguales los domingos, por eso en invierno tejía gorros y bufandas para cada miembro respetable o no de su familia, por eso una tarde ella misma se cortó el pelo que le llegaba a la cintura y que tanto le gustaba a su amoroso marido. Tan amoroso que para mantenerla trabajaba hasta volver en las noches con los ojos hartos y una beatífica pero inservible sonrisa de hombre que cumple con su deber.

Nadie ha hecho jamás tantas y tan deliciosas galletas de queso como la tía Mónica. Eran chiquitas y largas, pasaba horas amasándolas, luego las horneaba a fuego lento. Cuando por fin estaban listas las cubría de azúcar y tras contemplarlas medio segundo se las comía todas de una sentada.

—Lo malo —confesó una vez— es que cuando me las acabo todavía tengo lugar para alguna barbaridad y me voy a la cama con ella. Cierro los ojos para ver si se escapa, pero no. Entonces hablo con Dios: «Tú me la dejaste, te consta que he soportado todo el día de lucha. Ésta va a ganarme y a ver si mañana me quieres perdonar.»

Luego se dormía con la tentación entre los ojos, como una santa.

El amante de la tía Teresa era un hombre de maneras suaves y ojos férreos. Alternaba el uso de una y de otros según lo necesitara la situación.

Era correcto como el mediodía o desatado como el mar en la noche. Tenía una sonrisa blanca y cautivadora que casi nunca hacía juego con sus ojos. Los ojos los ponía en otra parte, porque estaban pensando en otras cosas. Sólo de vez en cuando se unían a la claridad de su gesto y entonces era irresistible.

Al menos eso creía la tía Teresa, que fue juntando con avaricia cada una de estas magníficas alianzas, cada atisbo de cercanía, para después contemplarlos como grandes tesoros: el momento precario en que había dicho su nombre con necesidad, la frase suelta que habló de un hijo mutuo, la desesperación con que quiso tocarla una noche de lluvia, el ansia con que la besó después de un viaje.

Cien noches intentó descifrarlo. Parecía inasible. Quién sabe, a la mejor alguna vez lo tuvo completo y no se dio cuenta, bendito habría sido Dios si ella lo hubiera sabido a los ochenta años, cuando deliraba buscando llaves y corbatas por toda la casa.

Se veían en un sitio escondido por donde entonces estaba el fin de la ciudad. La tía Teresa Gaudín Lerdo era una de las cinco mujeres que tenían y manejaban un coche en Puebla. Así que al cruzar el puente de la carretera a Cholula, dentro de sí les pedía disculpas a las otras cuatro por estar arriesgando el buen nombre de las cinco.

Su amante se llamaba Ignacio Lagos y tenía un Packard con su correspondiente chófer, en el que viajaba revisando papeles.

La tía Teresa no pudo olvidar el resto de su vida el temblor con que se bajaba de su Chrysler azul para entrar al cuarto de la colonia Resurrección. Era miedosa como buena Gaudín y desaforada como buena Lerdo. Iba a encontrarse con el hombre de sus obsesiones, muerta de pavor y fingiendo aplomo. Cuando la puerta se abría y atrás estaba él dispuesto a cederle la mirada y la boca al mismo tiempo, todos los riesgos dejaban de serlo y el mundo era un escarabajo hasta que ambos se hubieran reclamado sus ausencias, su desconfianza, su odio, su pedregoso amor de veinte suelas.

Después, cuando ella apenas empezaba a cobijarse en su abandono, él decidía correr porque ya era tarde. Había que alcanzar al eterno enemigo agazapado en la cabeza de otros que es el tiempo. Pero Teresa se quedaba en la cama mientras él, bajo cualquier clima, se daba un baño que a ella la hacía sentirse podrida por dentro. Cuando reaparecía brillante y perfumado, la tía Teresa brincaba de la cama a recoger la ropa que había ido tirando por todo el cuarto y se vestía de prisa, sintiendo sobre sí la mirada, otra vez ajena, de aquel señor.

Salían a la calle tratando de fingir que nunca se habían visto. Él tenía las llaves del lugar, con ellas deshacía las siete vueltas del cerrojo y dejaba que ella saliera dando unos pasos lentos que a esas horas lo desesperaban. Dos minutos después él salía, cerraba y se metía en su automóvil con la rapidez de un fugitivo.

Una noche perdieron las llaves.

—Tú las tienes —dijo él viendo las que ella mecía en sus manos.

—Éstas son las de mi coche —explicó moviéndolas frente a sus ojos.

Era tan guapo Ignacio jugueteando la corbata entre las manos, con su gesto de eficiencia perturbada, que la tía Teresa hubiera empezado todo otra vez.

—¿Entonces dónde están? Guárdame esto —dijo Ig-

nacio, poniendo sobre los hombros de la tía Teresa la
corbata que le estorbaba entre las manos. Era una corbata de seda azul que ella sintió alrededor de su cuello
como un abrazo en mitad de la calle.

Con las manos desocupadas, Ignacio hurgó de prisa
en las bolsas de su pantalón y entre las sábanas revuel-
tas. Encontró las llaves que había tirado ahí al llegar,
cuando no le importaba otro futuro que el ferviente cobijo de Teresa. La hizo salir. Su coche acudió dócil
como un caballo a la disposición de su amo. Con la
mano hizo un adiós silencioso y quedó a resguardo
mientras la tía caminaba hasta su Chrysler, pasando por
la oscuridad con el terror de siempre. Ni el luminoso recuerdo del cielo en las mañanas, que se ponía en la cabeza para ese momento, le quitó el miedo. Temblaba. La
fiesta había terminado y ella no se atrevía a tararear
una canción. Aún veía lejos su coche cuando oyó una
voz tras ella. Una voz de metal llamándola. Fingió que
no la oía. Hasta el último resquicio de su cuerpo, todavía enfebrecido, se arrepintió de estar ahí.

«Me puede matar —pensó—. Pero esto me pasa por
necia.»

La abrumó la visión de su cuerpo tirado a media calle: inerte, despojado, frío. Nunca tuvo más frío que
cuando imaginó aquel frío. Su coche estaba a tres pasos
eternos, la voz seguía llamándola. Sintió unas manos
apoyarse sobre sus hombros. Un vómito de horror le subió a la garganta:

—Mi corbata, querida —dijo la voz de Ignacio a sus
espaldas—. Te llevabas mi corbata.

Jaló la corbata sin cuidado y la tía Teresa la sintió
correr como un látigo sobre su cuello. Luego, sin decir
ni darse cuenta de más, Ignacio Lagos volvió al auto detenido enfrente, y se fue.

La tía Teresa llegó a su coche tiritando, como si estuviera desnuda. Manejó hacia la ciudad, cruzó el puente, entró a su casa. No hubo aquella noche soledad más
grande que la suya.

Nunca volvió a encontrarse con Ignacio Lagos. Muchos años después, cuando la cordura se desvaneció en su inquieta cabeza envejecida, empezó a soñar con la colonia Resurrección, con los ojos y la inclemente boca de aquel amor empedernido. Le dio entonces por buscar llaves entre las sábanas de toda la casa, y no había ropero que no hurgaran sus desesperadas manos en pos de una corbata. Las hijas acordaron ponerle cerca llaveros y corbatas viejas, y quienes iban a visitarla sabían que no podían llevarle mejor regalo que un atado de llaves y una corbata de seda clara.

—Ahora sí, señor —decía la anciana tía Teresa, desvariando, con las dos cosas en la mano—. Ahora sí ya podemos irnos juntos.

A la tía Mariana le costaba mucho trabajo entender lo que le había hecho la vida. Decía *la vida* para darle algún nombre al montón de casualidades que la habían colocado poco a poco, aunque la suma se presentara como una tragedia fulminante, en las condiciones de postración con las cuales tenía que lidiar cada mañana.

Para todo el mundo, incluida su madre, casi todas sus amigas, y todas las amigas de su madre —ya no digamos su suegra, sus cuñadas, los miembros del Club Rotario, Monseñor Figueroa y hasta el Presidente municipal—, ella era una mujer con suerte. Se había casado con un hombre de bien, empeñado en el bien común, depositario del noventa por ciento de los planes modernizadores y las actividades de solidaridad social con los que contaba la sociedad poblana de los años cuarenta. Era la célebre esposa de un hombre célebre, la sonriente compañera de un prócer, la más querida y respetada de todas las mujeres que iban a misa los domingos. De remate, su marido era guapo como Maximiliano de Habsburgo, elegante como el príncipe Felipe, generoso como San Francisco y prudente como el provincial de los jesuitas. Por si fuera poco, era rico, como los hacendados de antes y buen inversionista, como los libaneses de ahora.

Estaba la situación de la tía Mariana como para vivir agradecida y feliz todos los días de su vida. Y nunca hubiera sido de otro modo si, como sólo ella sabía, no se le hubiera cruzado la inmensa pena de avizorar la dicha. Sólo a ella le podía haber ocurrido semejante idiotez. Tan en paz que se había propuesto vivir, ¿por qué tuvo que dejarse cruzar por la guerra? Nunca acabaría de arrepentirse, como si uno pudiera arrepentirse de lo que no elige. Porque la verdad es que a ella el torbellino se le metió hasta el fondo como entran por toda la casa los olores que salen de la cocina, como la imprevisible punzada con que aparece y se queda un dolor de muela. Y se enamoró, se enamoró, se enamoró.

De la noche a la mañana perdió la suave tranquilidad con que despertaba para vestir a los niños y dejarse desvestir por su marido. Perdió la lenta lujuria con que bebía su jugo de naranja y el deleite que le provocaba sentarse a planear el menú de la comida durante media hora de cada día. Perdió la paciencia con que escuchaba a su impertinente cuñada, las ganas de hacer pasteles toda una tarde, la habilidad para fundirse sonriente en la tediosa parejura de las cenas familiares. Perdió la paz que había mecido sus barrigas de embarazada y el sueño caliente y generoso que le tomaba el cuerpo por las noches. Perdió la voz discreta y los silencios de éxtasis con que rodeaba las opiniones y los planes de su marido.

En cambio, adquirió una terrible habilidad para olvidarlo todo, desde las llaves hasta los nombres. Se volvió distraída como una alumna sorda y anuente como los mal aconsejados por la indiferencia. Nada más tenía una pasión. ¡Ella, que se dijo hecha para las causas menores, que apostó a no tener que solucionar más deseos que los ajenos, que gozaba sin ruido con las plantas y la pecera, los calcetines sin doblar y los cajones ordenados!

Vivía de pronto en el caos que se deriva de la excitación permanente, en el palabrerío que esconde un miedo enorme, saltando del júbilo a la desdicha con la obsesión enfebrecida de quienes están poseídos por una sola causa. Se preguntaba todo el tiempo cómo había podido pasarle aquello. No podía creer que el recién conocido cuerpo de un hombre que nunca previó la tuviera en ese estado de confusión.

—Lo odio —decía y tras decirlo se entregaba al cuidado febril de sus uñas y su pelo, a los ejercicios para hacer cintura y a quitarse los vellos de las piernas, uno por uno, con unas pinzas para depilar cejas.

Se compró la ropa interior más tersa que haya dado seda alguna, y sorprendió a su marido con una colección de pantaletas brillantes, ¡ella que se había pasado la vida hablando de las virtudes del algodón!

—Quién me lo iba a decir —murmuraba, caminando por el jardín, o mientras intentaba regar las plantas del corredor. Por primera vez en su vida, se había acabado el dineral que su marido le ponía cada mes en la caja fuerte de su ropero. Se había comprado tres vestidos en una misma semana, cuando ella estrenaba uno al mes para no molestar con ostentaciones. Y había ido al joyero por la cadena larga de oro torcido, cuyo precio le parecía un escándalo.

«Estoy loca», se decía, usando el calificativo que usó siempre para descalificar a quienes no estaban de acuerdo con ella. Y es que ella no estaba de acuerdo con ella. ¿A quién se le ocurría enamorarse? ¡Qué insensatez! Sin embargo se dejaba ir por el precipicio insensato de necesitar a alguien. Porque tenía una insobornable necesidad de aquel señor que, al contrario de su marido, hablaba muy poco, no explicaba su silencio y tenía unas manos insustituibles. Sólo por ellas valía la pena arriesgarse todos los días a estar muerta. Porque muerta iba a estar si se sabía su desvarío. Aunque su marido fuera bueno con ella como lo era con todo el mundo, nada la salvaría de enfrentarse al linchamiento colectivo. Viva la quemarían en el atrio de la catedral o en el zócalo, todos los adoradores de su adorable marido.

Cuando llegaba a esta conclusión detenía los ojos en el infinito y poco a poco iba sintiendo cómo la culpa se le salía del cuerpo y le dejaba el sitio a un miedo enorme. A veces pasaba horas presa de la quemazón que la destruiría, oyendo hasta las voces de sus amigas llamarla «puta» y «mal agradecida». Luego, como si hubiera tenido una premonición celestial, abría una sonrisa por en medio de su cara llena de lágrimas y se llenaba los brazos de pulseras y el cuello de perfumes, antes de ir a esconderse en la dicha que no se le gastaba todavía.

Era un hombre suave y silencioso el amante de la tía Mariana. La iba queriendo sin prisa y sin órdenes, como si fueran iguales. Luego pedía:

—Cuéntame algo.

Entonces la tía Mariana le contaba las gripas de los niños, los menús, sus olvidos y, con toda precisión, cada una de las cosas que le habían pasado desde su último encuentro. Lo hacía reír hasta que todo su cuerpo recuperaba el jolgorio de los veinte años.

—Con razón sueño que me queman a media calle. Me lo he de merecer —murmuraba para sí la tía Mariana, sacudiéndose la paja de un establo en Chipilo. El refrigerador de su casa estaba siempre surtido con los quesos que ella iba a buscar a aquel pueblo, lleno de moscas y campesinos güeros que descendían de los primeros italianos sembradores de algo en México. A veces pensaba que su abuelo hubiera aprobado su proclividad por un hombre que, como él, podría haber nacido en las montañas del Piamonte. Hacía el regreso, todavía con luz, en su auto rojo despojado de chófer.

Una tarde, al volver, la rebasó el Mercedes Benz de su marido. Era el único Mercedes que había en Puebla y ella estuvo segura de haber visto dos cabezas cuando lo miró pasar. Pero cuando quedó colocado delante de su coche, lo único que vio fue la honrada cabeza de su marido volviendo a solas del rancho en Matamoros.

«De qué color tendré la conciencia», dijo para sí la tía Mariana y siguió el coche de su marido por la carretera.

Viajaron un coche adelante y otro atrás todo el camino, hasta llegar a la entrada de la ciudad, en donde uno dio vuelta a la derecha y la otra a la izquierda, sacando la mano por la ventanilla para decirse adiós en el mutuo acuerdo de que a las siete de la tarde todavía cada quien tenía deberes por separado.

La tía Mariana pensó que sus hijos estarían a punto de pedir la merienda y que ella nunca los dejaba solos a esas horas. Sin embargo, la culpa le había caído de golpe pensando en su marido trabajador, capaz de pasar el día solo entre los sembradíos de melón y jitomate que visitaba los jueves hasta Matamoros, para después volver a la tienda y al club Rotario, sin permitirse la más mínima tregua. Decidió dar la vuelta y alcanzarlo en ese momento, para contarle la maldad que le tenía tomado el corazón. Eso hizo. En dos minutos dio con el tranquilo paso del Mercedes dentro del cual reinaba la cabeza elegante de su marido. Le temblaban las manos y tenía la punta de una lágrima en cada ojo, acercó su coche al de su esposo sintiendo que ponía el último esfuerzo de su vida en la mano que agitaba llamándolo. Su gesto entero imploraba perdón antes de haber abierto la boca. Entonces vio la hermosa cabeza de una mujer recostada sobre el asiento muy cerca de las piernas de su marido. Y por primera vez en mucho tiempo sintió alivio, cambió la pena por sorpresa y después la sorpresa por paz.

Durante años, la ciudad habló de la dulzura con que la tía Natalia había sobrellevado el romance de su marido con Amelia Berumen. Lo que nadie pudo entender nunca fue cómo ni siquiera durante esos meses de pena ella interrumpió su absurda costumbre de ir hasta Chipilo a comprar los quesos de la semana.

Había una luna a medias la noche que desquició para siempre los ordenados sentimientos de la tía Inés Aguirre. Una luna intrigosa y ardiente que se reía de ella. Y era tan negro el cielo que la rodeaba que adivinar por qué no pensó Inés en escaparse de aquel embrujo.

Quizá aunque la luna no hubiera estado ahí, aunque el cielo hubiera fingido transparencia, todo habría sido igual. Pero la tía Inés culpaba a la luna para no sentirse la única causante de su desgracia. Sólo bajo esa luna pudo empezarle a ella la pena que le tenía tomado el cuerpo. Una desdicha que, como casi siempre pasa, se le metió fingiendo ser el origen mismo de la dicha.

Porque la noche aquella, bajo la luna, el hombre le dio un beso en la nuca como quien bebe un trago de agua, y fue una noche tan lejos de la pena que nadie hubiera podido imaginarla como el inicio de la más mínima desgracia. Apenas había llegado la luz eléctrica y las casas bajo el cerro parecían estrellas. En alguien tuvo que vengar esa luna el dolor que le dieron las casas encendidas, las calles bajo el cobijo de aquella luz comprada y mentirosa, la ingratitud de toda una ciudad anocheciendo tranquila, sin buscar el auxilio de su fulgor. De algo tenía que servir ella, alguien tendría que recordar su luz despidiendo la tarde, y ese alguien fue Inés Aguirre: la luna la empujó hasta el fondo de unos brazos que la cercarían para siempre aunque fueran a irse temprano.

Al día siguiente, la tía Inés no recordó un ruego, menos una orden, pero tenía una luz entre ojo y ojo ensombreciendo toda su existencia. No podía ya olvidar el aliento que le entibió los hombros, ni desprender de su corazón la pena que lo ató a la voluntad sagrada de la luna.

Se volvió distraída y olvidadiza. Pedía auxilio para encontrar el lápiz que tenía en la mano, los anteojos que llevaba puestos, las flores que acababa de cortar. Del modo en que andaba podía derivarse que no iba a ninguna parte, porque después del primer paso casi siempre olvidaba su destino. Confundía la mano derecha con la izquierda y nunca recordaba un apellido. Terminó llamando a sus tíos con el nombre de sus hermanos y a sus hermanas con el nombre de sus amigas. Cada mañana tenía que adivinar en cuál cajón guardaba su ropa interior y cómo se llamaban las frutas redondas que ponía en el jugo del desayuno. Nunca sabía qué horas eran y varias veces estuvo a punto de ser atropellada.

Una tarde hacía el más delicioso pastel de chocolate y a la semana siguiente no encontraba la receta ni sabía de qué pastel le hablaban. Iba al mercado para volver sin cebollas, y hasta el Padre Nuestro se le olvidó de buenas a primeras. A veces se quedaba mirando un florero, una silla, un tenedor, un peine, una sortija y preguntaba con la ingenuidad de su alma:

—¿Para qué sirve esto?

Otras, escribía en cualquier cuaderno toda clase de historias que después no podía leer porque con el punto final olvidaba las letras.

En uno de estos cuadernos escribió la última vez que supo hacerlo: «Cada luna es distinta. Cada luna tiene su propia historia. Dichosos quienes pueden olvidar su mejor luna.»

Hay gente con la que la vida se ensaña, gente que no tiene una mala racha sino una continua sucesión de tormentas. Casi siempre esa gente se vuelve lacrimosa. Cuando alguien la encuentra, se pone a contar sus desgracias, hasta que otra de sus desgracias acaba siendo que nadie quiere encontrársela.

Esto último no le pasó nunca a la tía Ofelia, porque a la tía Ofelia la vida la cercó varias veces con su arbitrariedad y sus infortunios, pero ella jamás abrumó a nadie con la historia de sus pesares. Dicen que fueron muchos, pero ni siquiera se sabe cuántos, y menos las causas, porque ella se encargó de borrarlos cada mañana del recuerdo ajeno.

Era una mujer de brazos fuertes y expresión juguetona, tenía una risa clara y contagiosa que supo soltar siempre en el momento adecuado. En cambio, nadie la vio llorar jamás.

A veces le dolían el aire y la tierra que pisaba, el sol del amanecer, la cuenca de los ojos. Le dolían como un vértigo el recuerdo, y como la peor amenaza, el futuro. Despertaba a media noche con la certidumbre de que se partiría en dos, segura de que el dolor se la comería de golpe. Pero apenas había luz para todos, ella se levantaba, se ponía la risa, se acomodaba el brillo en las pestañas, y salía a encontrar a los demás como si los pesares la hicieran flotar.

Nadie se atrevió a compadecerla nunca. Era tan extravagante su fortaleza, que la gente empezó a buscarla para pedirle ayuda. ¿Cuál era su secreto? ¿Quién amparaba sus aflicciones? ¿De dónde sacaba el talento que la mantenía erguida frente a las peores desgracias?

Un día le contó su secreto a una mujer joven cuya pena parecía no tener remedio:

—Hay muchas maneras de dividir a los seres humanos —le dijo—. Yo los divido entre los que se arrugan para arriba y los que se arrugan para abajo, y quiero pertenecer a los primeros. Quiero que mi cara de vieja no sea triste, quiero tener las arrugas de la risa y llevármelas conmigo al otro mundo. Quién sabe lo que habrá que enfrentar allá.

Aquellas dos mujeres eran cada una el gajo de una trenza. Desde que iban a un colegio de monjas escondido bajo un túnel y varias escaleras, en tiempos de la persecución a los cristeros, hasta que en los años cuarenta fueron al primer baile de la universidad a encontrarse con esos seres extravagantes y remotos que eran los hombres. No los hombres de sus casas, que eran a veces como muebles y a veces como frazadas, sino los que las miraban con ojos de codicia y curiosidad. Los que pensaban en ellas con todo y sus piernas, en ellas con todo y el hueco bajo sus cinturas, en ellas como algo también impredecible y turbador.

Las dos encontraron la misma noche a los encendidos corazones que les tomarían la vida y el vientre para llenárselos con sus apellidos, sus obsesiones, sus hijos. Las dos cursaron por noviazgos más o menos decorosos, las dos terminaron casándose más o menos por los mismos años, las dos compartieron la inquietud de sus barrigas preñadas por primera vez, las dos tuvieron un pleito infernal antes de que pasaran dos días de luna de miel y las dos aprendieron que tras la pena de apariencia fatal que tiene cada pleito, llegan después horas de gloria y frases de intimidad que le dan al patético carácter de irreversible que tiene el pacto conyugal, la sensación de que no se puede haber hecho mejor pacto en la vida. Las dos guisaban con tantos parecidos de cebolla y hasta sus pasteles despedían un olor igual, aunque se hornearan en tornos y horarios muy distintos. No conformes con eso, las dos tuvieron cinco hijos cada una.

Pasaban las tardes cosiéndoles vestidos en serie y cuidando a los diez juntos, como si fueran pastoras del mismo rebaño. Eran idénticas las gemelas Gómez, sólo las distinguía la precisión de algunos gestos. Sin embargo, esa diferencia en sus rostros era la exacta medida de la diferencia entre sus espíritus. La tía Marcela tenía en los ojos la luz de quienes le buscan a la vida su mejor lado, la de quienes para su desgracia no accedieron a la felicidad que sólo pueden disfrutar los tontos, pero que están dispuestos incluso a parecerlo con tal de asirse a la punta de alguna dicha. Por eso canturreaba siempre, para dormir a los niños y para despertarlos, para ensartar una aguja, para rogarle al cielo que los huevos del desayuno no se pegaran a la sartén, para pedirle a su marido que la mirara como al principio y hasta para acompañar el soliloquio de sus largas caminatas.

La tía Jacinta heredó de su madre una melancolía extenuante. A veces se quedaba mirando al infinito como si algo se le hubiera perdido, como si el infinito mismo no le bastara a su anhelo de absoluto. A veces la entristecía no haber nacido en Noruega una noche de tormenta, no conocer el Congo, ni saberse capaz de viajar por la India. Estaba segura de que nunca vería Egipto, de que jamás podría recorrer la sierra de Chihuahua, de que el mar con sus traiciones y sus promesas no sería nunca su compañero de todos los amaneceres. Desde niña había leído con pasión, pero de cada historia que leía no sacó nunca la certidumbre de estar dentro de ella que sienten muchos lectores. Al contrario, cada historia, cada lugar, cada personaje había servido siempre para que ella se hundiera en la nostalgia de sólo ser ella. No sería jamás una suicida como Ana Karenina, ni una borracha como Ava Gardner, ni una loca como Juana de Orleans, ni una invasora como Carlota Amalia, ni una cantante desaforada como Celia Cruz.

Tenía cinco hijos, nunca podría saber lo que era tener dos ni lo que sería tener diez. Tenía una casa mediana y un marido comerciante, nunca sabría de los palacios, ni del hambre. Su marido tenía el pelo castaño y dócil, ella jamás entendería lo que era acariciar un pelo hirsuto y negro como el de Emiliano Zapata, una cabeza dorada como la de Henry Fonda o una por completo calva como la del Obispo Toríz.

A veces su hermana interrumpía una canción para preguntarle en qué pensaba, por qué en los últimos quince minutos no había dado un pespunte. Entonces la tía Jacinta le contestaba cosas como:

—¿No te hubiera gustado pintar la Mona Lisa? ¿Te imaginas si hubiéramos aprendido baile con Fred Astaire? ¿Evita Perón será una mentirosa? ¿De qué número calzará Pedro Infante? Dicen que hay una playa en Oaxaca que se llama Huatulco y es el paraíso. Y tú y yo aquí metidas.

—A mí me gusta aquí —decía la tía Marcela, mirando el campo a su alrededor y los volcanes a lo lejos. Ese campo nunca era el mismo. Cada estación lo iba cambiando de colores y sólo porque los hábitos decían que esas montañas se llamaban siempre igual era posible verlas como lo mismo cuando a veces brillaban de verde y a veces la sequía los dejaba grises y polvorientos.

En esa época que todo lo resecaba, hasta la piel de las manos y los párpados, en ese tiempo que el sol picaba en las mañanas y se iba temprano para dejarle paso a un viento de hielo, en aquellas tardes que les llevaban a los niños unas fiebres atroces, que les herían la garganta hasta hacerlos toser como perros, en esos días aún cercanos a la Navidad pero que pasada la esperanza de las fiestas eran largos como misas de tres padres y odiosos como sermones de Cuaresma, la tía Marcela se descubrió una bolita en el pecho izquierdo.

Estaban cosiendo unos vestidos blancos con puntos rojos para que las niñas recibieran al domingo de Pascua.

—No sé para qué inventamos esto de ponerles tanto olán —dijo la tía Jacinta deteniéndose en un pliegue.

—Tengo una bolita medio rara en el pecho izquierdo —le contestó su hermana, la tía Marcela.

—¿Qué? —dijo Jacinta aventando un vestido—. Déjame ver, déjame ver. —Jaló el suéter de su hermana y metió su mano hasta tocarle el pecho: ahí estaba, dura como un champiñón, sin poder sentirse exactamente redonda. Buscándole la vuelta a la evidencia, la tía Jacinta tocó más arriba y sintió una igual, más abajo y otra. Toda ella tembló de terror ante la sola idea de que eso pudiera ser malo. Su hermana la vio palidecer mientras intentaba un tono despreocupado.

—No creo que sea importante, pero habrá que ir al doctor —dijo—. No le digas a tu marido, ya sabes lo escandalosos que son los hombres.

—¿Por qué te pusiste pálida? Se parecen a las de mi mamá, ¿verdad? —preguntó la tía Marcela.

—Ya no me acuerdo. Fue hace casi veinte años.

—Yo sí me acuerdo —dijo la tía Marcela extendiendo una sonrisa que de tan bella la hacía maligna—. Eran iguales.

—¿No pensarás morirte sin conocer Egipto? —dijo la tía Jacinta jugando con los olanes de un vestido.

—De ningún modo —le contestó su hermana, la tía Marcela.

La tarde siguiente visitaron al doctor. Era un hombre como de cincuenta años al que le gustaban los buenos vinos y la música de Brahms. Lo conocían desde que tenían memoria. Alguna vez tuvo el pelo castaño y completo, pero sólo hasta entonces la tía Jacinta le conoció el gesto de misericordia que de pronto le embellecía los ojos.

Mientras la tía Marcela se dejaba revisar los pechos intentando concentrarse en la idea de que eran sus rodillas, de que por eso no tenía que sentir vergüenza, porque hasta las niñas enseñan sin rubor los moretones de una rodilla, el pobre hombre miró a la tía Jacinta disculpándose por ser él quien debía decirlo. La tía Jacinta se mordió los labios. Para entonces, la tía Marcela había abierto los ojos y miraba el gesto de su hermana. Con la rapidez de una niña, levantó su espalda de la mesa de auscultación y le dijo, esgrimiendo la maligna sonrisa del día anterior:

—No te preocupes, nos alcanza el tiempo para conocer Alejandría.

La tía Jacinta la miró como si ella misma fuera el infinito. La tía Marcela siguió hablando, se levantó y fue a vestirse al cuarto de junto. Los oyó cuchichear.

—No me hagan trampas —dijo, saliendo con los últimos botones de la blusa sin abrochar—. Quiero estar en la película de mi muerte haciendo algo más que morirme a espaldas de todo el mundo.

—Jaime te propone una operación —dijo la tía Jacinta—. Quizá no esté tan ramificado.

—¿Me dejarías plana? —le preguntó la tía Marcela al doctor.

—Sí —dijo el hombre.

—¿Y tú quieres que yo cumpla cuarenta años sin pechos?

—Hermana, es que si no, puedes no cumplirlos —dijo la tía Jacinta.

—Será un alivio —contestó la tía Marcela—. Bastante tiene uno con tener cáncer, para además tener que cumplir cuarenta años.

Desde entonces, la tía Jacinta no dejó sola a su hermana ni un minuto. Fue con ella a la operación y a los tratamientos, a los chocheros, a los médicos de agüitas, a los brujos de la sierra, a las iglesias y a Rochester.

—Vas a saber lo que es tener diez hijos —le dijo la tía Marcela una tarde, al salir de Santo Domingo—. Yo no sé por qué Dios se empeña en sacarme de la fiesta.

La oyó repetir eso en «La Santísima», hincadas una junto a la otra en los reclinatorios forrados de terciopelo rojo que están frente al altar: «Dios, Dios, Dios, ¿por qué te empeñas en sacarme de la fiesta?» Su cuerpo de hombros erguidos y piernas largas se había ido empequeñeciendo. Caminaba apoyada en un bastón y había perdido la frescura de su piel y el ímpetu de los ojos, pero aún regía en su gesto la implacable bondad de su sonrisa.

Sólo habían pasado nueve meses desde la tarde en que visitaron al médico. Y octubre estaba encima con los inevitables cuarenta años.

—¿Por qué no hacemos nuestra fiesta en el albergue del volcán? —dijo la tía Marcela una tarde de niños alborotando.

—Donde tú quieras —contestó la tía Jacinta, que había perdido su eterna condición de añorante. No gastaba ya ni un segundo en desear otros sitios. Cuidaba diez niños, dos casas, un marido, un cuñado y una ciega esperanza. Ése era su modo de exorcizar la lenta ceremonia de la muerte. Pero sabía que la tía Marcela estaba harta, que cientos de pequeños y grandes dolores la cruzaban, que ya no valía la pena ni disimular, y que muy pronto se cansaría de fingir. Iba por la calle, señalando para sí a las personas que podrían morirse en lugar de su hermana, señalando a los perversos, a los inútiles, a los indeseables, hasta que tras mucho señalar terminaba señalándose a sí misma como la pieza más injusta de todas. Al principio, jugaba con su hermana a hablar del futuro, hacían planes para viajar, para ir de compras, para inscribirse en las clases de francés de Madame Girón, para aprender a nadar antes de ir a Cozumel. Con el tiempo habían dejado de hacerlo, como si ambas hubieran acordado suspenderle a la otra esa tortura. Entonces la tía Marcela dedicó muchas horas a describir las virtudes y las debilidades de sus hijos, a contarlos tanto y de tantas maneras que su hermana pudiera reconocerlos y predecirlos hasta en el último detalle.

—Acuérdate de que Raúl finge dureza para disimular alguna pena, no se te olvide que Mónica es tímida, no descuides la vocación artística de Patricia, no dejes que Juan crezca con miedo, acaricia con mucha frecuencia a Federico. Tú ya sabes, ¿no?

—Sí, hermana. Ya sé. Aunque también sé que tú serías mucho mejor mamá de los míos y que Dios está loco.

—No digas eso, hermana —le contestó Marcela, que también había pensado muchas veces que Dios estaba loco, que ni siquiera estaba, pero que sabía perfectamente la falta que algo como Dios le haría a su hermana cuando ella se muriera—. Dios sabe por qué hace las cosas, escribe derecho en renglones torcidos, nos quiere, nos cuida, nos protege.

—Sí, hermana, sí. Por eso te vas a morir, cuando más haces falta. No hay que engañarse, ¿para qué?

—¿Para qué? Hermana, tú para seguir viva, yo para morirme sin tantísimo desconsuelo. No te niegues a las ideas de tu tiempo. Y no se te ocurra enseñarles a mis hijos ni uno solo de nuestros disparates.

Hicieron una fiesta en el albergue nevado del volcán. Las hermanas soplaron sus cuarenta velas y los hijos adolescentes inventaron una caminata. La tía Marcela se dispuso a seguirlos.

—¿Adónde vas, Marce? Todavía no estás bien —le dijo su marido, con el que la tía Marcela aún jugaba a que alguna vez se aliviaría.

—Nada más a que me pegue el aire.

—Voy contigo —dijo la tía Jacinta ayudándola a levantarse. Afuera hacía un frío de los que se meten por la nariz hasta el último lugar del cuerpo.

—Me va a odiar por traicionarlo —dijo la tía Marcela—. Para él voy a ser siempre la mujer que lo dejó a medio camino. ¿Y qué le digo? ¿Que no sea injusto, que me tenga más lástima de la que siente por él, que me perdone, que yo no tengo la culpa, que por favor no me olvide, que se case con otra, que me cuente lo atractiva que le parezco, que durante el siguiente mes me diga «Mi vida», en lugar de «Oye, Marce»?

La tía Jacinta le pasó un brazo sobre los hombros y no le contestó. Se quedaron así hasta que los maridos se acercaron. Durante un rato hablaron de la belleza del volcán, de cómo hacía brillar la nieve, de la primera mañana que estuvieron ahí juntos. Luego, volvieron los hijos, colorados y ardientes, contando hazañas.

—Vámonos, cuarentonas —dijo el marido de la tía Marcela acariciándole el cuello. La ayudó a bajar hasta el coche y la instaló adentro, arropándola como a una niña.

La tía Jacinta se acercó a darle un beso.

—Conste que te acompañé a cumplir años —le dijo la tía Marcela.

Al día siguiente no quiso levantarse: «Me están pesando los cuarenta», coqueteó con la tía Jacinta cuando la vio llegar con el aliento entreverado de angustia.

Dos días después el médico se decidió a ponerle morfina.

—Ayer soñé con Alejandría —le dijo la tía Marcela a la tía Jacinta cuando despertó de alguno de los trances en que la colocaba la droga—. Con razón quieres ir. ¿Qué vas a hacer con tus deseos, hermana?

—Los voy a heredar —dijo la tía Jacinta con la pena en los labios.

—Habría que ir también a Dinamarca y a Italia, a Marruecos y a Sevilla, a Cozumel y China —volvió a decir la tía Marcela—. Me estoy volviendo como tú. ¿Qué vas a hacer con tus deseos, hermana?

Hacía un año que todos sus deseos eran el solo deseo de no perderla, hacía mucho que su hermana se había vuelto de París y Nueva York, Estambul y las Islas Griegas, el más largo resumen de imposibles con que la hubiera torturado la vida.

La noche del día en que enterraron a su hermana Marcela, la tía Jacinta exhausta de velar durante meses, poseída por una pena que ya era parte de su cuerpo, se quedó dormida sobre un sillón de la sala. Al poco rato despertó con frío y una sonrisa extravagante palpitando en su boca.

—¿Qué pasó? —le preguntó su marido que estaba cerca, mirándola.

—Soñé con Marcela —dijo la tía Jacinta—. Está en el cielo.

—¿Y qué dice? —preguntó el hombre, que conocía los riesgos de perturbar aquella pena.

—Dice que es como aquí, y está contenta. Ya sabes que a ella nunca le gustó viajar —contestó tía Jacinta caminando hacia su cuarto—. Vamos, ven a la cama. Hay que dormir para ver qué más vemos.

De niña, a la tía Elvira le daba miedo la oscuridad. Creían sus hermanas que porque en lo oscuro no se puede ver nada, pero la razón de su miedo era exactamente la contraria: ella en lo oscuro veía de todo. De lo oscuro salían arañas y vampiros gigantes, salía su mamá en camisón abrazada a un crucifijo, salía su papá en cuatro pies contemplando un cometa verde, mientras el abuelo y los tíos pasaban encima de él a toda carrera, abriendo sus bocas moradas para aullar sin que nadie los oyera. En lo oscuro había una niña amarrada al barandal de la escalera con un listón de satín que le sacaba sangre. No decía nada la tía Elvira, pero movía los labios como si dijera: «Hay leones y pájaros flotando muertos en sus peceras.»

—No inventes, Elvira —le decían sus hermanas—. En la oscuridad no hay nada más que lo mismo que cuando hay luz.

Sin embargo, aun habiendo luz, la tía Elvira no veía las mismas cosas que sus hermanas. Ella era capaz de convertir el piano en lagarto, la despensa en cueva de Alí Babá, la fuente en el Mar Negro y el agua de jamaica en sangre de fusilados.

Decían que la tía Elvira estaba siempre un poco fuera de la realidad, pero en los ratos que le dedicó aprendió a bordar como cualquier otra señorita que se respetara, a tocar el piano sin aporrearlo, a cantar todo el cancionero decente, incluidas las nueve más hermosas versiones del Ave María.

Cocinaba de todo, menos bacalao. Su abuela materna se había empeñado en que sus hijas y nietas no aprendieran ese guiso, porque en España era comida de pobres, y si ella había pasado tantos trabajos para vivir en México, no iba a ser para que sus descendientes acabaran comiendo pescado seco, como cualquier andaluz muerto de hambre.

La tía Elvira tenía los ojos negros de su mamá y la boca imprudente de su padre. Una boca conversadora y leguleya sin la cual se podría haber casado antes de los veinte años con cualquier criollo de cincuenta generaciones, o con uno de esos españoles recién llegados de la pobreza, que hacían la América con tan buena fortuna. O bien, en caso de enamoramiento inevitable, y dado que su papá practicaba una tolerancia racial que en realidad era indiferencia, con algún libanés trabajador y abusado. Cualquiera de estos hombres esperaba, como todos los otros, fincar con una mujer que no anduviera opinando, ni metiéndose en las pláticas de los señores, ni aconsejando cómo solucionar el problema de la basura o la epidemia de los gobernadores. Las mujeres no estaban para hablar de temas que no fueran domésticos, y entre menos hablaran mejor. Las mujeres, a coser y cantar, a guisar y rezar, a dormir y a despertarse cuando era debido.

Se sabía en la ciudad que la tía Elvira Almada no sólo estaba más llena de opiniones que un periódico contestatario, sino que también tenía prácticas raras. Algunas tan raras como mantenerse despierta hasta las tres de la mañana y no ser capaz de levantarse a tiempo ni para ir a la misa de nueve, que era la última. A las nueve y a las diez, la tía Elvira dormía como el bebé que nadie iba a hacerle bajo el ombligo, justo porque a ella no le importaba dónde había que tener el ombligo a cada instante. Las damas de entonces cuidaban muy bien de llevar sus ombligos a la misa de ocho y de regresarlos a la casa en cuanto terminaba para que nadie fuera a pensar que andaban paseándose como viejas cuzcas. De ahí hasta la hora de la comida, guisaban o hacían jardinería, ayudaban a sus madres o escribían cartas púdicas para ensayar hasta la perfección su letra de piquitos. Las más disipadas echaban chisme o memorizaban un poema con lágrimas.

En cambio, la tía Elvira y su ombligo iban despertando por ahí de las once. Pasaban la mañana leyendo novelas y teorías sociales, hasta que la fiereza con que el ombligo sentía hambre indicaba la hora de entregarse al uso de jarras y palanganas para irse lavando todo el cuerpo de un modo disperso pero acucioso. Primero la entrepierna y sus pelitos, en los que la horrorizaba la idea de un piojo llegado durante la noche de algún rincón; después las axilas, a las que ella les depilaba los vellos con la misma obstinación de una mujer actual; luego la cuenca del ombligo y al final los pies y las rodillas. Ya bien bañada, se ponía loción de rosas en los diez puntos que consideraba cardinales y betabel en las mejillas. Hacía esto último con tal habilidad y desde tan niña, que hasta su madre estaba segura de que su hija Elvira tenía un espléndido rubor natural.

Llegaba al comedor siempre al último, pero siempre a tiempo.

—Buenos días, chulita —decía su mamá, que vivía angustiada con el comportamiento de aquel pedazo suyo al que veía, como todos, destinado a la soledad.

—Buenos días —contestaba ella, con el alma tranquila de quien se levanta a desayunar a las seis de la mañana. La comida era siempre su primer alimento y aunque el destino la colocó en días aciagos y desmañanados, nunca supo comer antes de las dos y media de la tarde. A esa hora su papá volvía de emprender negocios y fracasos todos los días.

A la tía Elvira le gustaba llevar la conversación para ese lado. El mundo de su padre estaba lleno de proyectos y espejismos y ella era feliz intentando que todos en la familia navegaran por ese mar. No hubo negocio infausto que no emprendiera su padre. Había comprado una fábrica en quiebra, que le costó lo mismo que una nueva, y que debía de impuestos al fisco más de lo que costó. El gobernador acabó decidiendo que pasara a manos de los obreros y el papá de la tía Elvira aceptó la decisión sin chistar. Con lo que le quedó compró las acciones de una mina de sal que en realidad era una compañía formada por dos genios fracasados en su intento de desalinizar el agua del mar. Importó después vajillas alemanas y chinas. Para venderlas, puso una tienda de regalos que al poco tiempo se convirtió en el centro de plática más atractivo de la ciudad. Siempre había café y cigarros para todos los que manifestaran algún interés por la compra, venta o uso de la porcelana.

Al año de instalado, el comercio quebró y hubo que cerrarlo, pero la gente se había acostumbrado de tal modo a pasar ahí las horas del café y el chisme, que un turco lo compró para volverlo taquería y se hizo rico en las narices del buen don José Antonio Almada.

Frente a tal decepción, el señor Almada viajó hasta Guerrero en busca de tierras y volvió de allá convertido en el dueño de unos terrenos a lo largo de la costa en un puerto llamado Acapulco, que a decir suyo se convertiría en una de las playas más famosas del mundo. Esa vez intervino su esposa y ella, que nunca se hubiera atrevido a mencionar tal palabra, se dispuso al divorcio si su marido no vendía cuanto antes las cinco hectáreas de aquella playa inhóspita. Puestas las cosas de aquel modo, el papá de Elvira vendió su playa y perdió lo que hubiera sido el único buen negocio de su vida.

—Algo malo va a salir de todo esto —dijo la tarde que le compraron sus terrenos—. No se puede despreciar tal maravilla sin pagarlo.

Gastadas todas sus fantasías empresariales, el señor Almada entró a la política con la misma vehemencia y la misma ignorancia con que había ido por el mundo de los negocios. Como si no supiera todo el mundo que con el gobierno era mejor no ponerse, el papá de la tía Elvira tuvo a bien desempolvar su carrera de abogado para defender a un torero que no había podido cobrarle al gobernador su trabajo en la corrida de toros en que lidió seis bestias con los cuernos sin rasurar, e hizo una faena tras otra en honor a los valientes del 5 de mayo.

Al papá de la tía Elvira, que había visto la corrida con la misma devoción con que otros oyen misa o van al banco, le pareció el colmo. Una cosa era que el gobernador llevara la autoridad de su investidura hasta manejar las finanzas públicas como si fueran las suyas, y otra que con toda su calma le negara el salario a un artista, porque al último toro no lo había matado en el primer intento.

—Aquí el circo es gratis —le dijo el gobernador—. Te puedo dar pan y mujer, pero billetes ni los sueñes. Además, te portaste como un carnicero.

El torero había demostrado su valor durante tres horas seguidas y no tuvo manera de guardárselo. Se puso a llamar tirano, asesino y ladrón al gobernador quien, en su turno, lo mandó encerrar.

No tardó el papá de la tía Elvira en salir rumbo a la cárcel a ofrecerle sus servicios al torero.

Puso una demanda contra el jefe del gobierno, acusándolo de robo y abuso de autoridad. Para la hora de la comida, estaba casi seguro de que ganaría el pleito. Se había hecho ayudar por sus amigos de la prensa, que tanto café le debían y a quienes les pareció un litigio de tamaño tolerable para tenerlo con el gobernador. Dedicaron largas prosas a dudar de que un señor tan magnánimo y aficionado a la fiesta brava, como era el gobernador, hubiera podido maltratar a un torero. Seguro no sería así, pero que si algún malentendido había, ahí estaba ese hombre de bien llamado don José Antonio Almada.

Comían el postre cuando un ayudante llegó con el aviso de que el torero iba a salir libre. La tía Elvira le dio tres cucharadas a su natilla y se fue corriendo tras su papá. Llegaron a tiempo para presenciar la firma de libertad y fue tal el gusto de su padre que se llevó a la tía Elvira a una camita a la que poco a poco fueron llegando celebradores. Se armó una fiesta de brandy y anises, música y leperadas de la que no se repuso nunca la reputación de Elvira Almada. Había bailado con el torero hasta que ambos cayeron sobre una mesa desvencijados del cansancio. Había bebido chinchón y usado palabras de hombre con tal descaro y habilidad que todos los presentes llegaron a olvidarse de que estaba entre ellos una de las recatadas señoritas Almada. No se acordaron de que ella era ella, sino hasta la mañana siguiente. Entonces la tía Elvira y su padre volvieron a la casa canturreando *Estrellita* y declarándose su amor.

—Óyelo bien, niña —le dijo su padre—. Yo soy el único hombre de tu vida que te va a querer sin pedirte algo.

—Y yo la única mujer que te va a seguir queriendo cuando seas un anciano y te hagas pipí en los pantalones —le contestó la tía Elvira.

Entraron riéndose al patio alumbrado por un sol tibio. En el centro, detenida como un fantasma, estaba la madre de la tía Elvira.

—¿Te das cuenta de lo que has hecho? —le gritó a su marido.

Iba cobijada por la mantilla con que salía a la iglesia. Había llorado, no entendía de qué podían reírse aquel par de irresponsables. Claro que no se daban cuenta de lo que habían hecho. La gente feliz es ciega y sorda.

—Saqué al torero de la cárcel —dijo el hombre—. ¿Tú dormiste mal? Te ves desmejorada.

Le dio luego un beso a su mujer de mejilla con mejilla y subió las escaleras pensando en su almohada.

La tía Elvira supo que si permanecía un segundo a solas con su mamá, el cielo podría caerle en la cabeza, así que corrió a la cocina en busca de una quesadilla conepazote.

Durante unos días su madre no les habló ni a ella ni a su marido, pero después se dejó reconquistar por ambos y su existencia volvió a ser sobria y grata. Fuera de la incapacidad de su marido para los negocios, la vida había sido amable con la mamá de la tía Elvira. Pero su corta imaginación le daba para creer a pie juntillas la versión salesiana de que el mundo es malo cuando no es bueno. Y la tía Elvira tenía desde pequeña una enorme propensión a no respetar lo que todo el mundo considera bueno.

Como bien adivinó la gente, no fueron las diligencias legales y periodísticas del señor Almada las que pusieron al torero en libertad, sino el simple hecho de que el Ciudadano Gobernador recordó con placer, al día siguiente de la corrida, los momentos de valor que había tenido el hombre. Mejorado su buen ánimo, consideró una injusticia mantenerlo encerrado sólo por haber extendido su bravura hasta él. Incluso le mandó pagar como era debido y volvió a tener con el torero algo que es difícil llamar amistad, pero que se le parece en los modos.

Total, como en todos sus negocios, el único que había quedado mal parado era el papá de la tía Elvira, quien por supuesto no se enteró de nada. Por eso al poco tiempo se entusiasmó con la solicitud de unos obreros en huelga a los que el gobierno había instado a volver a su trabajo por la buena, lo que significaba simplemente volver sin más. Qué salarios, qué prestaciones ni qué ocho cuartos, lo importante era restablecer la productividad.

Como si algo le faltara para tomar aquella causa con pasión, lo de la productividad terminó de empujar al papá de la tía Elvira. Ninguna buena persona tenía que ser por fuerza productiva y menos aún empeñarse en que otros lo fueran. Declaró a los periódicos todo lo que pudo en contra de quienes pretenden que la productividad sea el único criterio para juzgar a los seres humanos, aprovechó para criticar a quienes lo único que buscan en la vida es el poder y el dinero, y volvió a poner un amparo contra el gobernador y sus aliados.

Todas estas cosas, dichas en la casa o con sus amigos, le ganaban los elogios y la admiración de medio mundo. Pero puestas en papel y tinta sonaban a locura, a sucidio al peor negocio que don José Antonio Almada hubiera emprendido en su cálida y generosa existencia.

Al gobernador le había llegado la historia de la celebración con el torero. Quien se la contó había descrito a la tía Elvira como el lujo de pasión y belleza que irradió aquella noche.

—A cada quien por donde le duela —dijo el gobernador muerto de risa—. Y éste la pone fácil, porque deja su dolor en libertad. Sólo a un tarugo buen hombre como él se le ocurre.

Después de comer, la tía Elvira y su hermana Josefina acostumbraban caminar por la avenida de La Paz rumbo al cerro de San Juan. Eran dos mujeres que parecían apuestas y quizá se adoraban precisamente por eso. Josefina iba a casarse con el mejor partido de la ciudad, un hombre prudente y rico que, a decir de la tía Elvira, hubiera sido hasta guapo si no tuviera el gesto como amarrado.

Pasada la mitad del camino, casi donde terminaba la ciudad, estaba la gran casa del novio, más grande aún porque tenía junto el molino de harina del que salía parte de la fortuna familiar. Ahí se quedaba Josefina para estar un rato con su suegra, que la esperaba en la puerta y dedicaba las siguientes dos horas a ir entrenando a la muchacha en los exactos manejos y los precisos gustos domésticos de la familia, a la que habría de entrar con toda su suavidad, su inteligencia y su perfecta cintura.

La tía Elvira seguía sola el camino hasta el cerro al que subía como una chiva mordiendo el tallo de alguna flor y sujetándose al pasto y la tierra con sus pies conocedores y firmes. Al llegar a la punta se arrellanaba para mirar la puesta de sol con la devoción de quienes conocen rezos de privilegio. Algún antepasado cholulteca la empujaba a ese rito de contemplar el sol y los volcanes.

De esa ceremonia la robaron una tarde. Le vendaron los ojos y empezaron a bajarla del cerro pegando unos gritos que nadie oía. Su hermana estaba a dos kilómetros de distancia aprendiendo deshilado fino, su mamá hacía galletas de naranja, su papá había prendido un puro sobre una taza de café libanés y comentaba con sus amigos el desastre de seguir viviendo en una sociedad maniquea como la poblana, que era como la mexicana, que al fin y al cabo era igual a la de cualquier otra parte.

Fue hasta que anocheció cuando su hermana Josefina empezó a preguntarse por la demora de la tía Elvira. Era una loca audaz, pero como todos sabían, no le gustaba andar en la oscuridad. Al principio Josefina disimuló su aflicción porque le daba vergüenza molestar a su próxima familia política preocupándola con las locuras de su hermana Elvira que no había sido capaz de caer en líos siquiera después de la boda. Pero cuando, acompañada por el novio y la suegra, subió y bajó del cerro desnudando con la vista todos los alrededores y llamándola a gritos desde el coche sin la menor respuesta, una angustia como podredumbre le corrió del estómago a la boca y dejó de hablar. Tuvo que rendirse a la certidumbre de que Elvira no estaba en los alrededores y volver a la casa junto al molino conteniendo las lágrimas en un gesto de niña golpeada.

Al llegar ahí encontró reunida a toda la familia de su novio. El suegro, las tías, la cuñada, el cuñado y la mamá, abandonaron su habitual prudencia y en un gesto de cordialidad y buen tino se pusieron a hilvanar historias de mujeres raptadas, violadas, muertas y descuartizadas, durante los últimos treinta años. Su suegra había perdido en la revolución todos los bienes que su marido obtuvo por la misma época. Le echaba la culpa al gobierno de todos y cada uno de aquellos actos de barbarie, incluyendo el de la niña que se fue a un pozo mientras su mamá se distrajo un segundo.

Don José Antonio Almada llegó a su casa a las ocho en punto y encontró a su mujer decorando galletitas y repitiendo «La Magnífica» detrás de una sonrisa. Cuando el señor Almada preguntó por las niñas, ella interrumpió su oración para afirmar que no habían llegado y el hombre se le fue encima diciéndole que también ella estaba chiflada, que no luego dijera que la locura de Elvira nada más era herencia de su lado, que si no se había dado cuenta de la hora que era.

—Sí, ya me di cuenta —dijo la mujer—. Pero no escandalizo porque como siempre me dicen que exagero, estoy haciéndome el propósito de no gritar para no parecer ¿cómo dices?

—Maniquea, esposa, maniquea. Pero es que nunca tardan tanto.

—Eso pienso yo. Pero yo siempre he dicho que no me gusta que caminen solas en la tarde, que Elvira se trepe al monte, que se le haga de noche. Y tú dices que soy una posesiva, que en Nueva York así es, que ya hace rato que empezó el siglo veinte y que...

No pudo seguir y se puso a llorar despavorida.

—Voy a buscarlas —avisó temblando don José Antonio.

Toda la tarde había oído en el café advertencias mucho más exageradas que las que nunca se hubiera atrevido a hacer su esposa sobre lo arriesgado que era enfrentarse a la autoridad cuando uno tenía hijas.

Se fue por la calle rumbo al molino diciendo improperios contra sus hijas, que de seguro estaban ahí tomando churros muy tranquilas. Contra su mujer, que siempre acababa teniendo razón, y a quien por contradecir había dejado él que sus hijas anduvieran por el mundo como personas y no como las joyas que eran. Y también contra los toreros y contra los trabajadores en huelga, contra el gobernador, y sobre todo contra sí mismo.

Hacía el último frío de marzo y él temblaba resintiéndolo más que ningún otro. Cuando llegó al molino, su hija mayor lo abrazó como si él también tuviera la certidumbre de que la tía Elvira se había perdido para siempre.

El novio de Josefina se acercó a saludar, con la mezcla de bondad y perfección que después su mujer detestaría.

—Sé que es una imprudencia recordarle que le advertí los peligros de meterse a defender trabajadores levantados —le dijo al señor Almada.

—Si lo sabe, por qué me lo recuerda —contestó el señor Almada aparentemente recobrado del primer miedo. Tenía el brazo sobre los hombros de su hija Josefina, que al oírlo se preguntó si estaría escogiendo un buen marido.

Antes de que nadie se preocupara por ella, la tía Elvira había empezado a bajar el cerro con las manos atadas y la boca libre. Después de los primeros gritos dejó de oponerle resistencia a su secuestrador. Al contrario de lo que éste esperaba, ella contuvo su garganta en cuanto se dio cuenta de que nadie la oiría. Desde que le contaron en la escuela la tragedia de la Santa María Goretti, una adolescente que se dejó matar antes que dejarse poseer por un villano, había pensado que la santa cometió un error garrafal, y que si alguna vez su cuerpo corría un riesgo parecido, haría todo menos oponerse a los designios de la vida. Así que cuando se vio atrapada por aquel hombre de brazos fuertes y expresión bruta, le dijo:

—Si lo que quieres es llevarme, voy contigo. Pero no me maltrates.

El tipo lo pensó un segundo y le pidió después que extendiera las manos para atárselas.

—No me vayas a tapar la boca porque me angustio y me desmayo —informó la tía Elvira—. Te prometo no gritar. Pero no te preocupes si no cumplo mi promesa, de todos modos no hay quien pueda oírme.

El tipo era menos bruto de lo que se veía y aceptó la propuesta de Elvira, con tal de no cargarla desmayada hasta el coche en que los esperaba su jefe inmediato, un hombre cincuentón, afofongado y eternamente crudo que lo había hecho subir solo porque, según dijo, estaba harto de cargar viejas asustadas.

Empezaron a bajar.

—¿Tú con quién trabajas? —preguntó la tía Elvira después de un rato.

—Con Tigre —dijo el muchacho, que no se aguantó las ganas de presumir.

—¿Y ése qué conmigo? —dijo ella.

—Yo qué sé.

—¿Eres de los que obedecen sin preguntar? —dijo la tía Elvira.

—Oí que eres hija de un tipo Almada —contestó el muchacho irritándose.

—¿Y eso qué? ¿Cuánto te pagan?

—Mucho. ¿Qué te importa? Ni que yo te fuera a mantener. Te llevo y allá te dejo con ellos.

—¿Quién me va a mantener?

—Depende. Estás bonita. Adivinar quién te quiera. Allá se ven puras bonitas.

—Las verás tú, otros no nada más las ven —dijo la tía Elvira.

El muchacho se acercó furioso, le pellizcó los brazos y la besó como en las películas.

—Así serás valiente, con la vieja amarrada —dijo la tía Elvira—. ¿Vienes solo o te mandaron con otro?

—Claro que vengo con otro. El otro trae el coche y la pistola —dijo el joven buscando con la mirada el auto de su amigo en las faldas del cerro.

Por el camino llegaba otro auto y el viejo tendría que alejarse para que no sospecharan de él. Eso estaba planeado. Si alguien se acercaba, el muchacho tendría que esconder a la hija de Almada en la pequeña cueva que se abría a medio cerro, al otro lado de la vereda por la que la gente acostumbraba subir, y justo por el que bajaban la tía y su apresador. Ella la conocía como conocía todo el monte, pero no entraba nunca, porque era un lugar oscuro y pestilente, lleno de telarañas y ratones.

El joven tapó la boca de Elvira y la arrastró a la cueva sin encontrar demasiada resistencia.

La muchacha tenía tanto empeño en huir como él. Se tiró al suelo, le hizo señas para que también él se arrastrara y se metió a la pequeña cueva con más rapidez y habilidad que el muchacho. Oscurecía. La tía Elvira oyó a lo lejos los gritos de Josefina y sintió pena por ella. Pero pensó que si la encontraban los Miranda amarrada a un vago pestilente, la vida que su hermana soñaba por las tardes se iría a la basura sin mayor trámite. Por fin los gritos se apagaron. El muchacho miró a la tía Elvira. Se hacía de noche, pero su cuerpo iluminaba la creciente oscuridad.

—¿Por qué no gritaste? —le preguntó.

—Para que no te lastimaran —contestó la tía Elvira.

—Pinche vieja, me quieres meter en un lío —dijo acercándose a tentarla despacio.

—Si yo me robara algo, me lo robaría para mí —dijo la tía Elvira.

La noche se había cerrado sobre ellos y sintió que sería mejor acogerse a la idea de que estaba soñando. El tipo volvió a besarla y a sobarse contra ella, enfebrecido.

—Así, quién no es valiente —dijo la tía Elvira, arrastrándose otra vez hacia afuera de la cueva. El joven la siguió. Sintieron al aire pegarles en el cuerpo como otra caricia. Él le desamarró las manos y ella se las echó al cuello. Su piel olía raro. La tía Elvira pensó que nunca había tenido tan cerca una piel no emparentada con la suya. Luego cerró los ojos y con las manos libres acarició al desconocido como si tuviera que grabárselo en la memoria de sus yemas. Le fue desabrochando la camisa poco a poco hasta que se la quitó. Luego le tapó los ojos con un cariño y se fue sobre el cintrón con una soltura que cualquiera diría que hacía tiempo practicaba. Lo fue tocando todo y en todo fue hábil y buena, hasta en los dedos de los pies que le sobó como quien compone las flores de un adorno. No dejó en aquel cuerpo ningún recelo. Lo apaciguó a fuerza de hablarle cosas en los oídos y en todas las partes por las que pasaron sus labios.

—Yo sabía que las ricas eran tontas en esto —dijo el muchacho desde su apaciguada y ferviente desnudez.

—Somos —dijo Elvira cuando sintió moverse la mano de él entre sus piernas de virgen intrépida—. Somos, somos —murmuró arrancando a correr como un gato asustado. Dejando tras de sí el primer cuerpo desnudo que le mandó el azar.

Abrazaba el montón de ropa del muchacho y corría hacia el molino impetuosa y desesperada. En las faldas del cerro estaba un coche con el gordo de la pistola dormido como el ángel que no fue jamás. Había vuelto en cuanto el coche con Josefina y el novio abandonó el lugar, y cuando vio que su pupilo tardaba en bajar imaginó que algo bueno le estaría pasando y se dio permiso para una siesta. Le había parecido correcto esperar a que el muchacho hiciera su primer trabajo ganándoles un poco de mujer a sus patrones.

La tía Elvira pasó cerca del coche sin voltear a mirarlo. La movía una excitación desconocida. ¿Qué hubiera venido después?, le preguntó un instante a su cuerpo. Pero en lugar de contestar, siguió corriendo.

Entró al molino con los ojos de luna y la boca de una muerta. El portero la vio subir la escalera todavía como un animal perseguido. Luego entró a la sala y abrazó a su papá, que de mirarla viva sintió su corazón reventarse y su cuerpo desfallecer.

—Todo esto fue por vender Acapulco —dijo el señor Almada varias veces, en su agónico delirio de los siguientes días—. ¿Para qué me salí de los negocios? —le preguntaba a todo el que iba a visitarlo al hospital.

La tía Elvira lo besaba y lo besaba con la cara marchita de llanto y desesperanza.

—No te aflijas, papá. Lo volveremos a comprar, pero no te me mueras. No te mueras.

Siguió rogándole que no se muriera mucho tiempo después de haberlo enterrado. Porque la tía Elvira en realidad no enterró nunca a su padre. Pasó el resto de su larga vida haciendo negocios en su honor. Su madre le entregó la administración de la ladrillera de Xonaca, que era lo último que les quedaba, para ver si haciéndola sentir imprescindible lograba sacarla del pozo al que se había tirado.

Y eso la entretuvo para siempre. Empezó por convencer a la mitad de los constructores del estado de que sus tabiques estaban mejor hechos que ningunos y acabó dueña de una verdadera mina de sal, dos de los primeros cinco aviones que cruzaron el cielo mexicano, tres de los primeros veinte rascacielos y cuatro hoteles sobre la costera de Acapulco.

—Ya ves, papá —decía al final de su vida, cada tarde frente al mar—. Volvimos a comprar Acapulco.

La tía Daniela se enamoró como se enamoran siempre las mujeres inteligentes: como una idiota. Lo había visto llegar una mañana, caminando con los hombros erguidos sobre un paso sereno y había pensado: «Este hombre se cree Dios.» Pero al rato de oírlo decir historias sobre mundos desconocidos y pasiones extrañas, se enamoró de él y de sus brazos como si desde niña no hablara latín, no supiera lógica, ni hubiera sorprendido a media ciudad copiando los juegos de Góngora y Sor Juana como quien responde a una canción en el recreo.

Era tan sabia que ningún hombre quería meterse con ella, por más que tuviera los ojos de miel y una boca brillante, por más que su cuerpo acariciara la imaginación despertando las ganas de mirarlo desnudo, por más que fuera hermosa como la virgen del Rosario. Daba temor quererla porque algo había en su inteligencia que sugería siempre un desprecio por el sexo opuesto y sus confusiones.

Pero aquel hombre que no sabía nada de ella y sus libros, se le acercó como a cualquiera. Entonces la tía Daniela lo dotó de una inteligencia deslumbrante, una virtud de ángel y un talento de artista. Su cabeza lo miró de tantos modos que en doce días creyó conocer cien hombres.

Lo quiso convencida de que Dios puede andar entre mortales, entregada hasta las uñas a los deseos y ocurrencias de un tipo que nunca llegó para quedarse y jamás entendió uno solo de todos los poemas que Daniela quiso leerle para explicar su amor.

Un día, así como había llegado, se fue sin despedir siquiera. Y no hubo entonces en la redonda inteligencia de la tía Daniela un solo atisbo capaz de entender qué había pasado.

Hipnotizada por un dolor sin nombre ni destino se volvió la más tonta de las tontas. Perderlo fue una pena larga como el insomnio, una vejez de siglos, el infierno.

Por unos días de luz, por un indicio, por los ojos de hierro y súplica que le prestó una noche, la tía Daniela enterró las ganas de estar viva y fue perdiendo el brillo de la piel, la fuerza de las piernas, la intensidad en la frente y las entrañas.

Se quedó casi ciega en tres meses, una joroba le creció en la espalda, y algo le sucedió a su termostato que a pesar de andar hasta en el rayo del sol con abrigo y calcetines, tiritaba de frío como si viviera en el centro mismo del invierno. La sacaban al aire como a un canario. Cerca le ponían fruta y galletas para que picoteara, pero su madre se llevaba las cosas intactas mientras ella seguía muda a pesar de los esfuerzos que todo el mundo hacía por distraerla.

Al principio la invitaban a la calle para ver si mirando las palomas o viendo ir y venir a la gente, algo de ella volvía a dar muestras de apego a la vida. Trataron todo. Su madre se la llevó de viaje a España y la hizo entrar y salir de todos los tablados sevillanos sin obtener de ella más que una lágrima la noche en que el cantador estuvo alegre. A la mañana siguiente le puso un telegrama a su marido diciendo: «Empieza a mejorar, ha llorado un segundo.» Se había vuelto un árbol seco, iba para donde la llevaran y en cuanto podía se dejaba caer en la cama como si hubiera trabajado veinticuatro horas recogiendo algodón. Por fin las fuerzas no le alcanzaron más que para echarse en una silla y decirle a su madre: «Te lo ruego, vámonos a casa.»

Cuando volvieron, la tía Daniela apenas podía caminar y desde entonces no quiso levantarse. Tampoco quería bañarse, ni peinarse, ni hacer pipí. Una mañana no pudo siquiera abrir los ojos.

—¡Está muerta! —oyó decir a su alrededor y no encontró las fuerzas para negarlo.

Alguien le sugirió a su madre que ese comportamiento era un chantaje, un modo de vengarse en los otros, una pose de niña consentida que si de repente perdiera la tranquilidad de su casa y la comida segura, se las arreglaría para mejorar de un día para otro. Su madre hizo el esfuerzo de creerlo y siguió el consejo de abandonarla en el quicio de la puerta de Catedral. La dejaron ahí una noche con la esperanza de verla regresar al día siguiente, hambrienta y furiosa, como había sido alguna vez. A la tercera noche la recogieron de la puerta de Catedral con pulmonía y la llevaron al hospital entre lágrimas de toda la familia.

Ahí fue a visitarla su amiga Elidé, una joven de piel brillante que hablaba sin tregua y que decía saber las curas del mal de amores. Pidió que la dejaran hacerse cargo del alma y el estómago de aquella náufraga. Era una creatura alegre y ávida. La oyeron opinar. Según ella, el error en el tratamiento de su inteligente amiga estaba en los consejos de que olvidara. Olvidar era un asunto imposible. Lo que había que hacer era encauzarle los recuerdos, para que no la mataran, para que la obligaran a seguir viva.

Los padres oyeron hablar a la muchacha con la misma indiferencia que ya les provocaba cualquier intento de curar a su hija. Daban por hecho que no serviría de nada y sin embargo lo autorizaban como si no hubieran perdido la esperanza que ya habían perdido.

Las pusieron a dormir en el mismo cuarto. Siempre que alguien pasaba frente a la puerta oía la incansable voz de Elidé hablando del asunto con la misma obstinación con que un médico vigila a un moribundo. No se callaba. No le daba tregua. Un día y otro, una semana y otra.

—¿Cómo dices que eran sus manos? —preguntaba. Si la tía Daniela no le contestaba, Elidé volvía por otro lado.

—¿Tenía los ojos verdes? ¿Cafés? ¿Grandes?

—Chicos —le contestó la tía Daniela hablando por primera vez en treinta días.

—¿Chicos y turbios? —preguntó la tía Elidé.

—Chicos y fieros —contestó la tía Daniela, y volvió a callarse otro mes.

—Seguro era Leo. Así son los Leo —decía su amiga sacando un libro de horóscopos para leerle. Decía todos los horrores que pueden caber en un Leo—. De remate son mentirosos. Pero no tienes que dejarte, tú eres Tauro. Son fuertes las mujeres de Tauro.

—Mentiras sí que dijo —le contestó Daniela una tarde.

—¿Cuáles? No se te vaya a olvidar. Porque el mundo no es tan grande como para que no demos con él, y entonces le vas a recordar sus palabras. Una por una, las que oíste y las que te hizo decir.

—No quiero humillarme.

—El humillado va a ser él. Si no todo es tan fácil como sembrar palabras y largarse.

—Me iluminaron —defendió la tía Daniela.

—Se te nota iluminada —decía su amiga cuando llegaban a puntos así.

Al tercer mes de hablar y hablar la hizo comer como Dios manda. Ni siquiera se dio cuenta de cómo fue. La llevó a una caminata por el jardín. Cargaba una cesta con frutas, queso, pan, mantequilla y té. Extendió un mantel sobre el pasto, sacó las cosas y siguió hablando mientras empezaba a comer sin ofrecerle.

—Le gustaban las uvas —dijo la enferma.

—Entiendo que lo extrañes.

—Sí —dijo la enferma acercándose un racimo de uvas—. Besaba regio. Y tenía suave la piel de los hombros y la cintura.

—¿Cómo tenía? Ya sabes —dijo la amiga como si supiera desde siempre lo que la torturaba.

170

—No te lo voy a decir —contestó riéndose por primera vez en meses. Luego comió queso y té, pan y mantequilla.

—¿Rico? —le preguntó Elidé.

—Sí —contestó la enferma empezando a ser ella.

Una noche bajaron a cenar. La tía Daniela con un vestido nuevo y el pelo brillante y limpio, libre por fin de la trenza polvosa que no se había peinado en mucho tiempo.

Veinte días después, ella y su amiga habían repasado los recuerdos de arriba para abajo hasta convertirlos en trivia. Todo lo que había tratado de olvidar la tía Daniela, forzándose a no pensarlo, se le volvió indigno de recuerdo después de repetirlo muchas veces. Castigó su buen juicio oyéndose contar una tras otra las ciento veinte mil tonterías que la habían hecho feliz y desgraciada.

—Ya no quiero ni vengarme —le dijo una mañana a Elidé—. Estoy aburridísima del tema.

—¿Cómo? No te pongas inteligente —dijo Elidé—. Éste ha sido todo el tiempo un asunto de razón menguada. ¿Lo vas a convertir en algo lúcido? No lo eches a perder. Nos falta lo mejor. Nos falta buscar al hombre en Europa y África, en Sudamérica y la India, nos falta encontrarlo y hacer un escándalo que justifique nuestros viajes. Nos falta conocer la Galería Pitti, ver Florencia, enamorarnos en Venecia, echar una moneda en la fuente de Trevi. ¿Nos vamos a perseguir a ese hombre que te enamoró como a una imbécil y luego se fue?

Habían planeado viajar por el mundo en busca del culpable y eso de que la venganza ya no fuera trascendente en la cura de su amiga tenía devastada a Elidé. Iban a perderse la India y Marruecos, Bolivia y el Congo, Viena y sobre todo Italia. Nunca pensó que podría convertirla en un ser racional después de haberla visto paralizada y casi loca hacía cuatro meses.

—Tenemos que ir a buscarlo. No te vuelvas inteligente antes de tiempo —le decía.

171

—Llegó ayer —le contestó la tía Daniela un mediodía.

—¿Cómo sabes?

—Lo vi. Tocó el balcón como antes.

—¿Y qué sentiste?

—Nada.

—¿Y qué te dijo?

—Todo.

—¿Y qué le contestaste?

—Cerré.

—¿Y ahora? —preguntó la terapista.

—Ahora sí nos vamos a Italia: los ausentes siempre se equivocan.

Y se fueron a Italia por la voz del Dante: «Piovverà dentro a l'alta fantasia.»

Amalia Ruiz encontró la pasión de su vida en el cuerpo y la voz de un hombre prohibido. Durante más de un año lo vio llegar febril hasta el borde de su falda que salía volando tras un abrazo. No hablaban demasiado, se conocían como si hubieran nacido en el mismo cuarto, se provocaban temblores y dichas con sólo tocarse los abrigos. Lo demás salía de sus cuerpos afortunados con tanta facilidad que al poco rato de estar juntos el cuarto de sus amores sonaba como la Sinfonía Pastoral y olía a perfume como si lo hubiera inventado Coco Chanel.

Aquella gloria mantenía sus vidas en vilo y convertía sus muertes en imposible. Por eso eran hermosos como un hechizo y promisorios como una fantasía.

Hasta que una noche de octubre el amante de tía Meli llegó a la cita tarde y hablando de negocios. Ella se dejó besar sin arrebato y sintió el aliento de la costumbre devastarle la boca. Se guardó los reproches, pero salió corriendo hasta su casa y no quiso volver a saber más de aquel amor.

—Cuando lo imposible se quiere volver rutina, hay que dejarlo —le explicó a su hermana, que no era capaz de entender una actitud tan radical—. Uno no puede meterse en el lío de ambicionar algo prohibido, de poseerlo a veces como una bendición, de quererlo más que a nada por eso, por imposible, por desesperado, y de buenas a primeras convertirse en el anexo de una oficina. No me lo puedo permitir, no me lo voy a permitir. Sea por Dios que algo tiene de prohibido y por eso está bendito.

Durante mucho tiempo se dijo que Amanda Rodoreda era hija de Antonio Sánchez, el compadre de su papá. Y ni su propia madre pareció saber de dónde le había llegado a la barriga aquella niña tan poco parecida a los dos hombres que para su desgracia le cruzaron la vida. Decían que cuando la soltó al mundo, su corazón todavía estaba ardiendo por la boca y las manos de Antonio Sánchez, aunque su cabeza descansara como siempre en el regazo de su apacible Rodoreda.

Varios años había convivido con ambos de la mañana a la noche, oyéndolos inventar negocios y fundarlos, viéndolos tener éxitos y fracasos entre conversaciones eternas y extenuantes borracheras. Lo mismo a uno que al otro los había recogido del suelo como fardos, los había puesto en sus camas y cobijado al llegar la madrugada. Para los dos había preparado chilaquiles y café negro, a los dos les había organizado las maletas cuando se iban a recorrer el rancho de Tlaxcala y con uno y el otro se había puesto a cantar en las noches sin luz eléctrica que se ciernen sobre los alrededores del cerro La Malinche. Estaba casada con uno de ellos, muy bien y desde siempre lo había querido como se debe. Al otro empezó queriéndolo como una extensión de ese amor y acabó enamorándose de su voz y de las cosas que con ella decía. Pero no fue su culpa. En realidad no fue culpa de nadie. Así sucede a veces y no vale la pena desvelarse investigando por qué.

Supongo que algo de eso pensó Antonio Sánchez cuando decidió irse a quién sabe dónde sin dejar un aviso ni reclamar un centavo de todos los que tenía metidos en la sociedad con Rodoreda. Se fue la mañana siguiente a la noche en que su compadre le notificó que su señora estaba embarazada, y lo dejó todo, hasta las tijeras con que cortaba la punta de sus puros. No más de tres camisas y un pantalón faltaban en sus cajones, así que Daniel Rodoreda pensó que algo urgente se le había cruzado y que volvería al terminar la semana. Pero pasaron más de seis meses sin que se oyera de él y Rodoreda empezó a extrañarlo como un perro. Le urgía su presencia sonriente y audaz, le hacían falta sus observaciones, su ingenio, la compañía de tiempo completo a la que estaba acostumbrado, su complicidad. Sobre todo en esos últimos meses del embarazo que había convertido a su alegre y despabilada mujer en un bulto que apenas hablaba, que podía pasarse horas sin decir palabra, que lloraba con cualquier pregunta y con dificultad comía tres cucharadas de sopa para alimentar a la maravilla que llevaba dentro.

Amanda no había nacido todavía, cuando su futura abuela paterna tuvo la delicadeza de preguntarle a su hijo si estaba seguro de que por el vientre de su mujer no había pasado más que el esperma Rodoreda. Con esa sola pregunta derribó la torre de naipes que era ya la vida de aquel marido, empeñado en no ver la pena que su señora tenía en los ojos. Rodoreda volvió a su casa a tirarse en una cama para tratar de morirse. Estuvo dos semanas con fiebre, echando espuma por la boca y un líquido azulado por los ojos, con la piel ceniza y el pelo encaneciendo de uno en uno, pero a tal velocidad que cuando volvió en sí tenía la cabeza blanca. Su mujer estaba junto a él y lo vio abrir los ojos por primera vez para mirar, no sólo para perderse en un horizonte inalcanzable.

Lo vio mirarla y una paz que jamás imaginó la hizo sonreír como la primera vez.

—Perdóname —dijo.

—No tengo nada que perdonar —contestó él.

Nunca se habló más del asunto.

Un mes después nació una niña de ojos claros que Daniel Rodoreda bautizó como suya y con la cual terminó de perder el poco juicio que le quedaba. Aseguró que sería imposible encontrar nada más hermoso en el mundo y la vio crecer prendado hasta de la ira que le llenaba los ojos ante cualquier contratiempo.

Cuando murió su madre, Amanda tenía diez años y la furia más que la tristeza se le instaló en los ojos durante meses. Lo mismo le pasó a Rodoreda, así que estuvieron viviendo juntos más de un año sin hablarse. Un día Rodoreda se la quedó mirando mientras ella escribía su tarea empinada sobre un cuaderno.

—¿A quién te pareces tú? —le preguntó acariciándola.

—A mí —le contestó Amanda—. ¿A quién quieres que me parezca?

—A mi abuela —dijo Rodoreda y empezó a contar cosas de su abuela en Asturias hasta que la conversación se instaló de nuevo en la casa.

Diez años más tarde Antonio Sánchez regresó a la ciudad, hermoso y devastador como siempre. A los cuarenta y cinco años era tan idéntico a sí mismo que volvió a fascinar a Rodoreda. Había ido a buscarlo, le había pedido perdón por irse sin avisar, le había dado un largo abrazo y no le había pedido cuentas al preguntar sobre la situación de los ranchos y la tienda a los que llamó tus negocios, nunca los nuestros. Sólo al hablar de Amanda notó en su voz algo más que el interés de un tío ausente y descuidado. Entonces Rodoreda la mandó llamar, feliz y temeroso de enseñarle aquel tesoro.

Amanda entró a la sala con su cabeza llena de rizos y un lápiz en la boca.

—Papá, estoy estudiando —dijo, con la voz de prisa y disgusto que a él le caía tan en gracia.

—Tú perdones los modos —pidió Rodoreda a Antonio Sánchez—. En febrero entra a la universidad y es una niña muy obsesiva.

—¿Va a la universidad? —preguntó Antonio Sánchez, deslumbrado con aquel monstruo que sonreía con la misma impaciencia disimulada de su papá.

—Sí —dijo Rodoreda—. Por fin alguien en la familia podrá ser intelectual de tiempo completo.

—¿Y qué estudias? —le preguntó Antonio Sánchez al ángel ensoberbecido que tenía enfrente.

—Derecho —contestó ella—. ¿Y usted quién es?

—Me llamo Antonio Sánchez —dijo él, mirándola como si toda ella fuera la Vía Láctea.

—Ah, ya. De usted es de quien se supone que soy hija —dijo Amanda en el tono con que se comenta el buen clima—. ¿Y a qué ha vuelto? ¿A casarse conmigo? Porque yo de hija suya no tengo ni la estampa, ni las ganas.

Daniel Rodoreda se quitó los anteojos y mordió una de las patitas hasta arrancarla.

—¿Qué dices tú? —le preguntó a su hija.

—No lo digo yo, papá. Todo el mundo comenta. ¿Por qué nosotros no? ¿El señor me engendró? ¿De ninguna manera? ¿Quién sabe?

—Quién sabe —dijo Antonio Sánchez.

—¿Quién sabe? —preguntó Rodoreda—. Yo sé. Tú eres hija mía como que te pareces a mi abuela materna hasta en los dobleces del cuello, como que sabes cantar como mi padre y enojarte como sólo yo.

—Muy bien. Qué bendición. Soy tu hija. Entonces me quiero casar con tu amigo.

—Amanda, no me vuelvas loco.

—¿Cómo? Si lo que pretendo es que dejes de estar loco. Demuéstrame por una vez que de verdad puedes creer con todo tu cuerpo eso que dices con tanto ruido: Amanda es mi hija. ¡Claro que soy tu hija! Daniel Rodoreda, tu esposa no se acostó nunca con tu amigo. ¿Verdad?

—Verdad —dijo Sánchez.

—Y Amanda no es un regalo de Dios, ni un golpe de suerte, ni una furia que recogió tu generosidad. Amanda es tu hija y por eso se va a casar con su otro papá. Para que se acaben los chismes, para que se traguen sus elucubraciones los papás de mis compañeras de colegio, mis nanas, mi abuela, las maestras, el cura de San Sebastián, el Señor Arzobispo y el perro de la esquina.

—¿A eso volviste? —le preguntó a su amigo.

Un año después, Daniel Rodoreda desfiló por el pasillo central de Santo Domingo llevando del brazo a su hija Amanda. La entregó en matrimonio a don Antonio Sánchez, su mejor amigo.

La noche de bodas la pasaron los tres en el rancho de Atlixco, muertos de risa y paz.

Al final de su vida cultivaba violetas. Tenía un cuarto luminoso que fue llenando de flores. Llegó a crecer las más extravagantes y le gustaba regalarlas para que todo el mundo tuviera en su casa el inquebrantable aroma de Concha Esparza

Murió rodeada de parientes sin consuelo, metida en su bata de seda azul brillante, con los labios pintados y un enorme disgusto porque la vida no quiso darle más de ochenta y cinco años.

Nadie sabe cómo no estaba cansada de vivir, había trabajado como un arriero durante casi toda su existencia. Pero algo tenían las generaciones de antes que aguantaban más. Como todas las cosas de antes, como los autos, los relojes, las lámparas, las sillas, los platos y las sartenes de antes.

Concepción Esparza tuvo, igual que todas sus hermanas, las piernas flacas, grandes los pechos y una sonrisa inclemente para mirar y mirarse, una absoluta incredulidad en los santos de yeso y una fe ciega en los espíritus y sus chocarrerías.

Era hija de un médico que participó en la revolución de Tuxtepec, fue diputado federal en 1882 y se unió al antirreleccionismo en 1908. Un hombre sabio y fascinante que le permeó la vida con su gusto por la música y las causas difíciles.

Pero como al destino le gusta emparejar sus dones, a Concha le sobró padre pero le faltó marido. Se casó con un hombre de apellido Hiniesta cuyo único defecto era parecerse tanto a sus hijos que ella tuvo que tratarlo siempre como a un niño más. No era muy apto para ganar dinero y la idea de que los hombres mantienen a su familia, tan común en los años treinta, no le regía la existencia. Conseguir la comida, tener casa y cobijas en las camas, pagar el colegio de los niños, vestirlos y otras nimiedades fueron siempre asunto de Concha su mujer. Mientras, él inventaba cómo hacer grandes negocios que nunca se hacían. Para cerrar uno de estos negocios fue que se le ocurrió dar un cheque sin fondos por tal cantidad que le dictaron orden de aprehensión y la policía se presentó a buscarlo en su casa.

Cuando Concha supo de qué se trataba dijo lo primero que se le ocurrió:

—Lo que pasa es que este hombre está loco. Perdido de loco está.

Con ese argumento lo acompañó al juzgado, con ese argumento le impidió intentar una defensa que lo hubiera hundido por completo y con ese argumento evitó que lo metieran a la cárcel. A cambio de tan horrible destino, con ese argumento Concha Esparza organizó que su marido fuera a dar a un manicomio cercano a la pirámide de Cholula. Era un lugar tranquilo, vigilado por frailes, en las faldas del cerro.

Agradecidos con las visitas médicas del padre de Concha, los frailes aceptaron ahí al señor Hiniesta mientras se olvidaba el asunto del cheque. Claro está que Concha debía pagar cada mes el mantenimiento de aquel cuerdo entre los impávidos muros del manicomio.

Seis meses hizo ella el esfuerzo de costear la estancia. Cuando sus finanzas no pudieron más decidió recoger a su marido tras conseguir la anuencia pública para hacerse cargo de él y sus desatinos.

Un domingo fue a buscarlo a Cholula. Lo encontró desayunando entre los frailes a los que hacía reír con la historia de un marinero que se tatuó una sirena en la calva.

—A usted, padre, no le quedaría mal una —le decía al más sonriente.

Mientras conversaba el señor Hiniesta vio acercarse a su mujer por el corredor que conducía al refectorio. Siguió hablando y riendo durante todo el tiempo que la tía Concha empleó en llegar hasta la mesa en que él y los frailes departían con ese regocijo infantil que sólo tienen los hombres cuando se saben rodeados de hombres.

Como si no conociera las reglas de tal privacía, Concha Esparza caminó alrededor de la mesa haciendo sonar los zapatos de tacón alto que sólo sacaba del ropero en ocasiones a su juicio memorables. Cuando estuvo frente a su marido saludó al grupo con una sonrisa.

—¿Y tú qué andas haciendo por aquí? —le preguntó el señor Hiniesta, más incómodo que sorprendido.

—Vine a recogerte —le respondió tía Concha hablándole como se les habla a los niños a la hora de recogerlos en la escuela, jugando a entregarles el tesoro de su libertad a cambio de un abrazo.

—¿Por qué? —dijo Hiniesta mortificado—. Aquí estoy seguro. No conviene que salga de aquí. Además, la paso bien. Se respira un aire de jardines y paz que le va de maravilla a mi espíritu.

—¿Qué? —preguntó Concha Esparza.

—Lo que te digo, de momento no estoy mal aquí. No te preocupes. Tengo buena amistad con los cuerdos y no la llevo mal con los locos. Algunos tienen ratos de excepcional inspiración, otros son excelentes interlocutores. Me está cayendo bien el descanso porque en este lugar hasta los que gritan hacen menos ruido que tus hijos —dijo como si él no tuviera nada que ver con la existencia de tales hijos.

—Hiniesta, ¿qué voy a hacer contigo? —le preguntó al aire Concha Esparza. Después dio la vuelta y caminó hasta la reja de salida.

—Por favor, padre, explíquele usted —le dijo al fraile que la acompañaba— que sus vacaciones cuestan, y que yo no le voy a pagar un día más.

Adivinar qué le habrá explicado el padre aquel al señor Hiniesta, el caso fue que el lunes en la mañana el cerrojo de la casa de tía Concha sonó lento como lo hacía sonar la calma con que lo empujaba su marido.

—Ya vine, madre —dijo Hiniesta con una tristeza de velorio.

—Qué bueno, hijo —le contestó su mujer sin mostrar asombro—. Te está esperando el señor Benítez.

—Para proponerme un negocio —dijo él y recuperó la viveza de su voz—. Verás, verás qué negocio, Concha. Ahora vas a ver.

—Así era ese hombre —comentaba la tía muchos años después—. Toda la vida fue así.

Para entonces, ya la casa de huéspedes de la tía Concha había sido un éxito y le había dejado los ahorros con los que puso un restaurante que después le dejó tiempo para comerciar con bienes raíces y hasta le dio la oportunidad de comprarse un terreno en Polanco y otro en Acapulco.

Cuando sus hijos crecieron y tras la muerte del señor Hiniesta, ella aprendió a pintar las olas de «La Quebrada» y a comunicarse con el espíritu de su padre. Poca gente ha sido tan feliz como ella entonces.

Por eso la enojó tanto la vida, yéndose cuando apenas empezaba a gozarla.

Tía Jose Rivadeneira tuvo una hija con los ojos grandes como dos lunas, como un deseo. Apenas colocada en su abrazo, todavía húmeda y vacilante, la niña mostró los ojos y algo en las alas de sus labios que parecía pregunta.

—¿Qué quieres saber? —le dijo la tía Jose jugando a que entendía ese gesto.

Como todas las madres, tía Jose pensó que no había en la historia del mundo una criatura tan hermosa como la suya. La deslumbraban el color de su piel, el tamaño de sus pestañas y la placidez con que dormía. Temblaba de orgullo imaginando lo que haría con la sangre y las quimeras que latían en su cuerpo.

Se dedicó a contemplarla con altivez y regocijo durante más de tres semanas. Entonces la inexpugnable vida hizo caer sobre la niña una enfermedad que en cinco horas convirtió su extraordinaria viveza en un sueño extenuado y remoto que parecía llevársela de regreso a la muerte.

Cuando todos sus talentos curativos no lograron mejoría alguna, tía Jose, pálida de terror, la cargó hasta el hospital. Ahí se la quitaron de los brazos y una docena de médicos y enfermeras empezaron a moverse agitados y confundidos en torno a la niña. Tía Jose la vio irse tras una puerta que le prohibía la entrada y se dejó caer al suelo incapaz de cargar consigo misma y con aquel dolor como un acantilado.

Ahí la encontró su marido, que era un hombre sensato y prudente como los hombres acostumbran fingir que son. Le ayudó a levantarse y la regañó por su falta de cordura y esperanza. Su marido confiaba en la ciencia médica y hablaba de ella como otros hablan de Dios. Por eso lo turbaba la insensatez en que se había colocado su mujer, incapaz de hacer otra cosa que llorar y maldecir al destino.

Aislaron a la niña en una sala de terapia intensiva. Un lugar blanco y limpio al que las madres sólo podían entrar media hora diaria. Entonces se llenaba de oraciones y ruegos. Todas las mujeres persignaban el rostro de sus hijos, les recorrían el cuerpo con estampas y agua bendita, pedían a todo Dios que los dejara vivos. La tía Jose no conseguía sino llegar junto a la cuna donde su hija apenas respiraba para pedirle: «no te mueras». Después lloraba y lloraba sin secarse los ojos ni moverse hasta que las enfermeras le avisaban que debía salir.

Entonces volvía a sentarse en las bancas cercanas a la puerta, con la cabeza sobre las piernas, sin hambre y sin voz, rencorosa y arisca, ferviente y desesperada. ¿Qué podía hacer? ¿Por qué tenía que vivir su hija? ¿Qué sería bueno ofrecerle a su cuerpo pequeño lleno de agujas y sondas para que le interesara quedarse en este mundo? ¿Qué podría decirle para convencerla de que valía la pena hacer el esfuerzo en vez de morirse?

Una mañana, sin saber la causa, iluminada sólo por los fantasmas de su corazón, se acercó a la niña y empezó a contarle las historias de sus antepasadas. Quiénes habían sido, qué mujeres tejieron sus vidas con qué hombres antes de que la boca y el ombligo de su hija se anudaran a ella. De qué estaban hechas, cuántos trabajos habían pasado, qué penas y jolgorios traía ella como herencia. Quiénes sembraron con intrepidez y fantasías la vida que le tocaba prolongar.

Durante muchos días recordó, imaginó, inventó. Cada minuto de cada hora disponible habló sin tregua en el oído de su hija. Por fin, al atardecer de un jueves, mientras contaba implacable alguna historia, su hija

Impreso en LiberDúplex, S. L.
Constitución, 19
08014 Barcelona

abrió los ojos y la miró ávida y desafiante, como sería el resto de su larga existencia.

El marido de tía José dio las gracias a los médicos, los médicos dieron gracias a los adelantos de su ciencia, la tía abrazó a su niña y salió del hospital sin decir una palabra. Sólo ella sabía a quiénes agradecer la vida de su hija. Sólo ella supo siempre que ninguna ciencia fue capaz de mover tanto, como la escondida en los áspe-ros y sutiles hallazgos de otras mujeres con los ojos grandes.